偽りの男装少女は後宮の寵妃となる

松藤かるり

JN020459

STARTS
スターツ出版株式会社

この策は、一途なる愛のために――。

目次

偽りの男装少女は後宮の寵妃となる

一章　季獣省の男装宦官と凍龍陛下

荊皇后。

季獣に愛され、皇帝に愛され、多くの民からも慕われていた、『凍龍国《とうりゅうこく》』の寵愛《ちょうあい》を一身に受けし者の名だ。

その名は突如として歴史の表舞台に現れるものの、彼女の出自は不明で、多くは語られていない。

凍龍国の歴史上最も愛された娘、荊皇后とは何者なのか。

＊＊＊

物語は、夏の光が降り注ぐ草原地帯から始まる。

荊瓔良《けいえいら》は草原で身を屈めていた。今年で十八と花の盛りである彼女は泥を頬につけ、ためらいなく牧草に手を伸ばす。指先に枯れかけの感触が伝わるなり、瓔良はがっくりと頭を垂らした。

「こんなに弱るなんて……困ったな」

牧人の娘であり家業を手伝う者として、牧草の状態は死活問題だった。育てている羊らにとって牧草は重要な食糧である。しかし、夏の季が長く続いていることで、焦げるような陽光が牧草を弱らせていた。

「そろそろ秋になるはずだけど、おかしいな」

ため息交じりの独り言を呟《つぶや》き、汗を拭う。額に張りついていた亜麻色の長い髪が風に揺れた。

外にいるだけで汗ばむほどの高温は、あらゆるものに影響を及ぼしている。ある農夫は作物の収穫量が減ると嘆き、ある農夫は畑仕事の途中で暑さにやられて倒れた。どんな気候であれ税収は変わらないため、人々の暮らしは悪化する一方だ。

燦々《さんさん》とした陽の光は、すべてを枯らしていくかのように感じられる。雲ひとつない青空は、地で汗を拭う者たちを嘲笑っているかのようで憎らしい。

「璎良、来てくれ」

名を呼ばれ、憎々しげに見つめていた空から視線を剥がすと、草原の向こうから歩いてくる人影が見えた。白髪交じりの長い髪と髭《ひげ》を揺らし、棒をついて歩いている。

璎良の父だが、ひとりではない。その隣にもうひとり、父よりは体つきの小さく細い、袍《ほう》を着た者がいる。

近づいてくる彼の顔を確かめ、璎良は懐かしさに口元を綻ばせた。

数年前に郷里を離れた汪典符《おうてんふ》だ。自信なさそうに背を丸める彼も今年で十八になるのだが、女人のように可愛らしい顔つきのおかげで年齢よりも幼く見える。父の隣に立てばまるで子供だ。

「典符がいるなんて久しぶりだね。帰ってきてたの？」

ふたりに近づいた瓔良が声をかけると、典符はびくりと肩を揺らした。さらに瓔良をじっと見てはなにかを言いかけようとするも、すぐに視線を逸らす。そういえば顔色もよくない。話を切り出してよいものか思い悩んでいるような素振りだ。

「瓔良に頼みごとがあるらしい」

はあ、と短くため息をついて父が代弁する。その口ぶりから、既に父は典符の頼みごとやらを聞いているのだろう。

瓔良は改めて典符に視線を向ける。すると、典符が勢いよく頭を下げた。

「瓔良の力を借りたい。だから、宮城《きゅうじょう》――『季獣省《きじゅうしょう》』に来てほしい」

典符の表情から嘘《うそ》ではないと察するものの、語られた内容を理解するのには時間がかかる。というのも、この話にはわからない点が多い。

凍龍国――それは、この国の名前だ。

かつてこの地にはさまざまなあやかしがいたと伝えられているが、強靭《きょうじん》な力を持つあやかし・凍龍によって統《す》べられた。凍龍は人間を好み、人間の王である皇帝に助力し、凍龍国を興すに至った。

しかし凍龍は冬を司るあやかし。一年中国土を吹雪の中に閉じ込める冬の力は人間を弱らせる。ゆえに凍龍は、他にも季節を司るあやかしを呼んだ。

凍龍を含め、春夏秋を司るあやかしを季獣《きじゅう》と呼ぶ。季獣は、凍龍国を象徴するあやかしとされ、国は総力を挙げて彼らを護っている。そのため、季獣省は宮城に作られている。宦官《かんがん》となった典符が配属されているのもこの季獣省だ。

凍龍国北部の辺鄙《へんぴ》な草原地帯にいるとはいえ、瓔良も季獣伝承についてはよく知っている。しかしなぜ自分が国の中心部である宮城、それも大事な機関である季獣省に請われているのか簡単には理解できない。

返答できず固まっている瓔良に、典符は慌てたように続ける。

「そ、その、この国が困っているから」

「それがわたしを宮城に呼ぶ理由？　よくわからないんだけど」

「……このままでは秋にならないんだ」

秋にならない。その言葉に驚きはなかった。それほど夏の季が長すぎると瓔良も実感している。

現在は季獣の夏雀《かじゃく》によって夏の恵みが配られている。そのため凍龍国には夏の日差しが降り注ぐ。この力が薄れる前に、次なる季獣が季節の恵みを配るはずだ。

しかし秋になる気配がない。次は秋を司る季獣・秋虎《しゅうこ》のはずだ。

「秋……ということは、秋虎様になにかあった？」

「うん。原因はわからないけど、すごく弱っているんだ。まるで飢えているみたいに人を襲った例もある。秋の恵みを配るほどの力もないから、この国に秋が来なくなる。だから璎良の力を貸してほしい」

「なるほどね。これだけ夏が長いんだもの、納得はする。でも、わたしには難しいよ。たかが田舎の娘であるわたしが、季獣省に入れると思う？」

秋虎に問題が生じ、そのために自らの力を求められていると理解した。しかし頷《うなず》けないのは、季獣省の場所がゆえである。

「季獣省は後宮《こうきゅう》にあるんでしょう？　後宮に入れるのは、皇帝とその妃嬪《きひん》、それと性を欠いた宦官だけって言うじゃない。そんな場所にわたしがどうやって入るのよ」

「だ、大丈夫！」

典符はなぜかしっかりと拳を握りしめて頷いていた。いったいなにが大丈夫なのか。

「もちろん許可は出ているよ。璎良が季獣省に入るための方法も……既に用意されている、みたいだし……璎良には迷惑をかけてしまうけど……うん」

「用意？　それはどういうこと。典符もよく知らないの？」

「そ、そういうわけじゃないけど……とにかく！　悪い話じゃないはずだよ。璎良が頷いてくれるなら、その分の恩賞も渡すと約束していたから」

どうにも怪しい。いかにも伝聞といった口ぶりで、まるで典符も仔細《しさい》を聞いていないかのよう。歯切れの悪さはもちろん、目を合わせようとしないのも引っかかる。

瓔良はじいっと典符を見つめる。真偽を探るようなじっとりとした視線に耐えかね、典符が「う……」と気まずそうにしている。

「……瓔良」

この膠着《こうちゃく》状態に声をあげたのは瓔良の父だった。

「この国に秋が来なければたくさんの者が苦しむだろう。俺たちだって苦しくなる」

「そうね。それはわかってる」

「ならば手を貸すべきだ。幸いにもお前にはその力がある。求められているのなら、救いに行った方がいい」

「わたしが行くのは宮城、しかも後宮よ」

宮城は凍龍国を動かす心臓部。この国にとって重要な宮城に、家族と離れてひとりで出向くのは恐ろしい。

そんな不安を見抜いたかのように、父が瓔良の肩を叩《たた》く。見上げると、父の穏やかな微笑みがあった。

「お前の力がわかった時、いつかこういう日が来るかもしれないと覚悟していた」

「父さん……」

「お前は、その力を正しく使える者だと信じている。だから、行ってこい」

夏が長く続けば多くの人が苦しみ、瓔良の家族も例外ではない。大切に育てている羊たちにも影響が出る。

このうんざりとする夏が終わるのなら。典符が語るように、璎良の力が求められ、そのために算段が整えられているのなら。

「わかった。季獣省に行くよ」

その決断が、荊璎良を大きく変える。

＊＊＊
「どうしてこうなったかなあ……」

郷里を発ってから数日が経った。季獣省の回廊に璎良の深いため息が響く。

(典符の話を鵜《う》呑《の》みにしたのが間違いだった)

後悔したところでもう戻れない。

凍龍国宮城にある後宮。凍龍国皇帝の所有物であるこの場所は、女人の園でもある。皇帝の妃になるべく娘たちが集められ、男性は入ることができない。皇帝や妃嬪以外に立ち入りを許されているのは宦官のみ。宮城で最も閉鎖的な場所だ。

季獣省が置かれているのも後宮だった。凍龍国では、妃嬪らの勤めに季獣参詣《さんけい》がある。妃嬪が交替で季獣省に向かい、季獣省に祈りを捧《ささ》げるのだ。

そんな季獣省に瓔良を送り込むのだから、よい策を用意しているのだと思い込んでいた。皇帝の特例で季獣省への立ち入りを許されるのかも、と甘く考えていたのだが。

「わあ！　瓔良、とても似合っているよ」

「……どう受け止めていいのか難しい褒め言葉をどうも」

回廊で待っていた典符に励ましの言葉をもらうも、瓔良の渋い表情は消えない。というのも、現在の瓔良は唐草色の盤領袍《ばんりょうほう》に身を包んでいた。

唐草色の袍は季獣省宦官であることを示す。

宦官とは性を欠いた男性で、それがゆえに後宮の出入りを許されている。瓔良は女性であることを隠し、偽りの宦官としてここにいる。つまりは男装のような、そうでもないような状態だった。

改めて自分の姿を思い出す。

慎ましい暮らしを体現したような細い体。胸の膨らみはささやかながらも確かにあったのだが、ゆったりとした袍によって体つきは隠れてしまい、胸も布を巻いて平らに潰している。長い髪はひとつに結ってまとめてしまい、頭には幞頭《ぼくとう》を被った。女性としては平均的な身長も、小柄な宦官として扱われれば問題ない。つまり、悔しいほどに宦官の姿になっている。

「宦官のふりをするなんて聞いていたら、絶対断ったよ」

「だよね……断ると思ったから言えなかったんだよ」

宦官のふりをして入省するのだと聞いたのは、都に着いてからだった。まったく荒唐無稽な話で、璎良の耳がおかしくなったのかと疑うほどに驚いた。しかしここまで来たからには引き返せず、典符の言うがままに準備を進めるしかない。結局は案ずることなく、すんなりと入省できてしまった。

「こんなにあっさり入れて、この国は大丈夫なのかなあ」

璎良の複雑な気持ちに反し、今日までを振り返るとなにひとつ問題は生じなかった。璎良が本当に性を欠いた宦官なのか確かめなかったのだ。男性は後宮に入れないというのに身体検査も行わないとはこれいかに。宦官に扮《ふん》する身としてはよかったものの、この国の危機管理能力を疑ってしまう。

そんな璎良に対し、典符も首を傾げていた。

「僕も、うまく事が進みすぎているなあと思うけど」

季獣省には他にも宦官がいる。数人とは聞いているが、彼らは璎良について伝え聞いているそうだ。璎良の正体は季獣省の機密事項とされている。そして彼らは璎良の入省を歓迎しているとも。

「とにかく、これから璎良が気をつける点はひとつ」

回廊を進み、後殿《こうでん》の前にて典符が足を止めた。

「女人であることを隠す。季獣省はいいけれど、後宮の妃嬪は知らないからね」

「わかってる。ちゃんと隠すよ」

「璦良は不器用な正直者だから心配だよ。それから凍龍陛下は――」

典符はそこで言葉を呑み込んだ。前方の扉が開いたのに気づいて身構える。

中から現れたのは、璦良や典符と同じ唐草色の盤領袍を着た者だ。痩身だが璦良や典符よりは背が高い。低い位置で結った長い髪は輪郭を際立たせるように流している。

愛らしい顔つきの典符と違い、目元は涼やかだ。知的な青年を思わせる顔つきをしているが、帯から吊《つ》り下げた佩玉《はいぎょく》が高位を示し、彼の振る舞いは落ち着いていた。

「典符の声が聞こえたと思えば、扉の前にいたのですね。お待ちしていましたよ」

彼は季獣省の長官である範仁耀《はんじんよう》。皇帝――凍龍陛下の信頼が厚く、この季獣省は彼に任されているのだと典符より聞いていた。

その仁耀はまじまじと璦良を見ている。それから、にやりと微笑んだ。

「いやあ、なかなか似合っていますねえ。これなら、あなたが女人だと気づく人はいないでしょう」

「……褒めているのか貶《けな》しているのかわかりませんが、ありがとうございます」

宦官の姿を褒められても、璦良としては複雑な気持ちである。

牧人の父の手伝いが多く、女人らしさよりも動きやすい装いを好むとはいえ、女人としての矜持《きょうじ》は持ち合わせている。男装したこの姿を褒められても嬉《うれ》しくはない。

引きつった顔の瓔良に対し、仁耀は満足そうであった。瓔良の格好というよりも反応を好んだのかもしれない。

「ふふ。私や典符などあなたの正体を知る者には、あなたを女人として扱わないよう通達してありますからね。安心してください」

なにを安心すればよいのか。うんざりとした気持ちになりながらも、先を歩く仁耀についていく。

華やかな後宮の外れにある季獣省。この殿舎は『凍龍殿』と名付けられていたが、昨今は季獣省とひとくくりで呼ばれている。

それは季獣省に属する宦官らがここを拠点としているためだ。季獣省の者は季獣の管理だけでなく警備も行い、不寝の番をすることもある。季獣省内で寝泊まりもしている。

仁耀を先頭に後殿へ入り、しばらく進む。

彼が足を止めたのは、大きな門の目立つ広間だった。広間には瓔良が見上げるほどの大きな門がふたつあり、門の向こうはそれぞれの通路に繋がっている。ひとつは朱色に塗られ、もうひとつは透き通った氷のような水碧色《すいへきしょく》をしていた。どちらの門も、立ち入りを禁じるかのように幾重もの大縄がかかっている。

仁耀は朱色の門、朱大門《しゅだいもん》の前に立っていた。

「これから秋虎様のもとに案内しますよ」

「この縄は？」

「他者の立ち入りを禁じる私の異能――『封《ふう》』です。後ほど解除方法を伝えましょう。いつも私が解除できるとは限りませんからね」

そう言って、仁耀は大縄のひとつに手をかざす。すると、大縄は光の粒のように細かくなり、弾けて消えた。

異能――それは人が持つ不可思議な力のこと。かつてこの地にいたあやかしが人に与えた力とも呼ばれているが、定かではない。異能の種類や効果は人によって異なり、異能に目覚める者もいれば目覚めぬ者もいるという。

季獣や凍龍といったあやかしと関わるには、彼らを制御するにふさわしい力を持つ者が求められる。季獣省の宦官は、季獣と関わるに最適な異能を持つ精鋭なのだ。

すべての縄が消えたところで、仁耀が朱大門をくぐる。瓔良と典符もその後についていった。

朱大門から続く通路を進み、数段の階《きざはし》を降りる。床の材質は木から石になり、壁も石造りに変わっている。湿った空気が肌に纏《まと》わりつき、建物の中ではなく外を歩いているような心地だ。

「過去には、季獣様をお迎えする祠《ほこら》だけがここにあったそうです」

先を歩く仁耀が語る。季獣がいる祠はもとよりここにあり、神聖なる祠を守るように凍龍殿を建て、それが季獣省になったという。階を降りたところから祠の中に入っていたようだ。

（不思議な感じだ）

外の光は遮られ、仁耀も典符も手燭《てしょく》を持っていない。しかし暗闇にならないのは、石壁の隙間が光っているためだ。

薄氷を光に透かしたような、澄んだ水碧色の光。時折揺らめくも消えることはない。ほのかな光に照らされた祠は、人智《じんち》を超えた力を持つあやかしが潜んでいるのだと知らせるかのようでもある。

そして歩き進めると前方が眩《まぶ》しくなった。石壁のぬらりとした光沢が緋色《ひいろ》の光を反射している。それは通路の薄暗さを払拭し、この奥にひらけた場所があると示していた。

「……っ」

着いたのは、狭い石壁の通路が嘘だったかのように広く、天井も高い間だった。しかし辺りを見回す余裕はない。

瓔良の視線を捉えるは、緋色。広間に鎮座していたのは、緋色の炎を纏った黄金の虎だった。本来の虎よりも遥《はる》かに大きく、人間を複数人乗せられそうな背だ。巨体を器用に丸め、座している。体を覆う金色の毛はふわふわと柔らかに揺れていた。

「秋を司る秋虎様です」

名はもちろん知っていたが、姿を見たことはない。瓔良はじっと秋虎を見上げる。

秋虎は体を丸めてはいるものの、眠りにはついていないようだ。赤々とした瞳が瓔良を見つめている。

秋虎を見上げる瓔良の隣に仁耀が並ぶ。

「典符から聞いていると思いますが、どうにも弱っております。季獣省の者も襲われましてね」

「季獣様が人を襲うの？」

「いつもと異なる様子であったと聞いていますよ」

それを聞き、瓔良は一歩踏み出す。

秋虎に近づこうとする瓔良を、仁耀も典符も止めなかった。彼らは瓔良の行動を注視しているのだ。

瓔良はというと、視線は秋虎に向けたまま。

（なんて美しいんだろう）

神聖なあやかしだとわかっている。しかし畏怖は生じなかった。

目を合わせれば体が温かくなっていく。秋の、黄金色に染まる草原にいる時のように心が高揚する。この美しい存在が、国に秋の恵みを与えているのだ。

感謝と同時に守りたいと思った。

（……苦しそうに、見える）

瓔良は、秋虎から苦しみを感じ取っていた。尾の先端に灯る緋色の炎は弱々しく、金色の体毛の揺れから呼吸が急いているのがわかる。

（わたしの力が通じるのなら、秋虎様の力になりたい。秋虎様を助けたい。どうかこの心が届きますよう）

願う。声に出さず語りかけ、願う。

すると、瓔良の願いに呼応するかのように手のひらが熱くなった。見た目には変化がないが、瓔良だけにはわかる。その手を秋虎に向けて伸ばす。

秋虎は動かず、ただじっと、燃えるような瞳で瓔良を見つめていた。

（あ……）

手のひらに伝わるのは、秋虎の体から感じ取る弱々しい力だ。瓔良は手のひらに意識を向け、秋虎の心を読み解こうと集中した。

（もしかして、お腹が減っている？　力が出せなくて、苦しかった？）

秋虎は心地よさそうに喉を鳴らし、瞼《まぶた》を伏せた。瓔良の手のひらに顎を乗せたので、ふわりとした柔らかい毛並の感触が伝わってきた。機嫌を表すように尾が揺れ、先端の炎も先ほどより元気よく燃えている。

（人を襲ったのも、気づいてほしかったのかもしれない。でも大丈夫だよ。わたしがそばにいるから。わたしの力を送るから）

手のひらの熱が次第に薄れていく。同時に、秋虎の体に生気が漲《みなぎ》っていく。

（心を開いてくれて、ありがとう）

声に出さず語りかけると、それが届いたかのように秋虎は顎をこすりつけた。

瓔良の持つ力は秋虎に渡り、手のひらにあった熱は消えている。手を下ろし、短く息を吐く。

秋虎の様子について仁耀や典符に話さなければならない。そう考え、瓔良が後ろにいるふたりに向き直ろうとしたところで、ぱちぱちと乾いた音が祠に響いた。

「見事なものだな」

反射的に瓔良は振り返る。手を叩いているのは誰だろうかと探し、仁耀でも典符でもない三人目の姿を視界に捉えるなり、無意識のうちに息を呑んでいた。

（すごく……綺麗《きれい》な人……）

身動きひとつさえ億劫《おっくう》になるほど、見蕩《みと》れてしまう。

長身痩躯《そうく》の体に纏うは、宦官とは異なる豪奢《ごうしゃ》な装い。青紺の袍には煌《きら》めく銀糸で龍の文様が刺繍《ししゅう》されている。緻密な刺繍の見事さは瓔良にもじゅうぶんよくわかる。

そして、氷のような色を尊ぶ凍龍国で最も美しいとされる水碧の玉を用いた帯。佩《は》いた剣にも水碧の玉が埋め込まれ、これが秋虎の尾に灯る緋色の光を反射して美しい。

装いだけではない。男は端正な顔立ちをし、年齢にして二十二前後だろうか。その瞳は冷涼さを思わせるも、こちらに向ける眼差しは優しい。

郷里でもこのように心を奪われる美しい人はいなかった。彼の青みがかった黒髪が揺れる程度のわずかな動きさえ、目を離せなくなる。

「おや。凍龍陛下もいらしていたんですか」

仁耀の声は、彼に向けられていた。我に返った瓔良は仁耀と彼をもう一度見比べ、状況を理解する。

（ということは、この人が）

凍龍国の人間として、その名はもちろん存じている。

代々、凍龍国の現皇帝は『凍龍陛下』と呼ばれる。前帝が崩御し、新たな凍龍陛下として即位したのが冬凰駕《とうおうが》――瓔良の目の前にいる男だ。彼の即位式の際には、辺境の地である郷里までもがお祭り騒ぎとなっていた。

（女人であると……知られてはいけない）

先ほどは彼の姿に見蕩れ、偽りの宦官としてここにいることを忘れそうになっていた。典符の言葉を思い出し、気を引き締める。

凍龍陛下こと凰駕は、瓔良の胸中など知らず、仁耀に話しかけていた。

「季獣省に新しい者を入れたのか」

「ええ。季獣省はいつも人手不足ですからね。瓔良、凍龍陛下に挨拶を」

仁耀に促され、瓔良はその場に膝をつく。胸の前で手を組んで告げた。

「荊瓔良と申します」

「……ほう」

会ってすぐに正体を見抜かれるのは避けたい。不安に駆られ、ちらりと凰駕の反応を窺《うかが》う。

すると、なぜか凰駕が微笑んでいるように見えた。気づいているのか気づいていないのか、その判断は難しい。瓔良には意味深な微笑みのように思える。

「瓔良と言ったな。先ほどのはお前の異能か？」

瓔良は頷く。心音が急き、額に嫌な汗が浮かぶ。宦官に扮した初日から凍龍陛下と言葉を交わすとは思ってもいなかった。

「わたしの異能は『糧《かて》』。わたしが持つ力を他者に分け与えます。先ほども異能を使って秋虎様に力を送りました」

「その力とはどういうものだ？」

「生命力……のようなものでしょうか。わたしは人よりもその力が多いようです。おそらくは妃嬪の皆様が祈るよりも強い力を送るのではないかと」

人間の祈りはあやかしの糧となる。それは季獣も例外ではない。妃嬪らが季獣参詣して祈りを捧げるのは、季獣に力を送るためだ。

瓔良が持つ糧の異能は、郷里でも有名なものだった。そのため典符もこれを知り、瓔良を季獣省に呼ぼうと考えたのだろう。

牧人の娘である瓔良にとっては最高の異能だった。瓔良が力を分け与えた羊からは良質な羊毛が取れ、子羊も病に罹《かか》らない。近隣の牧人が瓔良の異能を聞きつけて羊を連れてきたほどだった。

「なるほど。珍しい異能だが納得もできる。かつてこの国には、季獣や凍龍に生贄《いけにえ》を捧げたと聞くからな。時代によっては、お前は最上の供物となっただろう」

「は、はは……」

凰駕はさらりと話しているが、瓔良は引きつった笑顔を返すしかできなかった。

「さて、瓔良。お前はなぜ異能を使った？　力を送ったのはなぜだ？」

「秋虎様が弱っているように感じました。これは推測ですが、秋虎様が人を襲ったのは、この状態に気づいてほしかったのではないでしょうか」

瓔良の返答に、凰駕は怪訝《けげん》そうな顔をする。

「その異能は力を送るものだろう？　なぜ秋虎が弱っているとわかったのだ」

「確かに体調を汲《く》み取る異能ではありません。ですが、手をかざした時に感じました。秋虎様は弱っている。そして秋虎様はお優しい方であるから意味なく人を襲わないと……思いました……」

生き物には心がある。だからこそ語りかけて、その様子を探る。郷里にいた頃に瓔良が行っていたことだ。

羊に力を送る時は、必ず心の中で語りかける。そして手のひらに伝わるものや相手の表情から心を探る。言語が通じる相手ではないからこそ、感覚を鋭敏にしてわずかな機微も逃さぬようにする。そのやり方を秋虎でも用いただけ。

しかしこの意見は瓔良の主観でしかなく、証明するすべはない。そう自覚しているため、言葉尻が弱くなってしまった。

（相手は凍龍陛下。いち宦官のわたしの言葉なんて、信じないのだろうな）

凰駕の反応を確かめるのが怖い。しかし、瓔良の耳に届いたのは予想と異なる反応だった。

「ふむ……信じよう」

言葉だけではない。凰駕の表情にも猜疑《さいぎ》は見当たらない。どうやら本当に瓔良を信じているようだ。

それに驚き、瓔良の瞳が丸くなる。

「あ……ありがとうございます」

「礼を言うべきはこちらだ。素直に述べてくれたことに感謝する。だが、秋虎は力が足りないから秋の恵みを配れないときたか……」

季節の恵みを与えるのは季獣にとって大仕事である。仕事を終えれば季獣は姿を保っていられず、数ヶ月ほど人間の見えぬところで力を蓄える必要がある。そうして最低限まで力を取り戻せば、季獣省に現れて人々から祈りの力をもらい、季節の恵みを配る。この繰り返しだが、秋虎は弱っていた。これ以上力を欠けば、秋虎は季節の恵みを配る前に消滅する。

「妃嬪は毎日通って祈りを捧げているはずだ。なぜ弱るのか理由がわからん」

「わたしが力を送りましたので、秋虎様の消滅は阻止できたでしょう。たくさん力を送ることも考えましたが――」

「いや、それはいい」

瓔良が言いかけた言葉は、凰駕に遮られた。

しかし瓔良としてはありがたいところである。

一度に多くの力を送れば、瓔良が危うくなる。異能を使うのは一日一回がいいところで、二回送ると体がどっと疲れてしまう。秋虎が秋の恵みを配れるほどの力を一度で送れば、瓔良は寝込んでいたかもしれない。

すると凰駕は瓔良ではなく、仁耀に向けて言う。

「仁耀。瓔良の異能は役に立つものだが、無理に使いすぎないよう心得よ」

「わかっております。季獣省は引き続き原因の調査にあたります」

仁耀が腕を組み頭を下げると、凰駕は「頼むぞ」と短く答えた。

（話はこれで終わりかな……）

そろそろ凰駕も去るだろうと思いきや、なぜかこちらに向き直る。

「瓔良。お前はこちらに」

なぜ呼ぶのか。まさか粗相をしただろうか。一瞬にして冷や汗が浮かび、体が固まる。

そんな瓔良を見かねて、典符が慌てたように割り込んだ。

「と、凍龍陛下。そ、その……瓔良がなにか？」

「ん？　いや、問題はなにもないぞ。ただ、新しく来たばかりの者によいものを見せてやりたいと思ってな」

「で、ですが――」

瓔良が女人だと気づかれないよう、凰駕との接触はなるべく減らしたいところである。典符の助け船はありがたい。しかし、にやりと笑みを浮かべた仁耀が典符の肩を叩く。

「私たちは仕事がありますからね、案内は凍龍陛下にお任せしましょう」

「ですが……」

「いいから。早く行きますよ」

典符は仁耀に引きずられるようにして去っていった。去り際、申し訳なさそうに眉根を寄せた表情が見えた。入省してすぐだというのに凍龍陛下とふたりで行動する瓔良を案じているのだろう。

残されたのは瓔良と凰駕だ。秋虎はその場で身を丸め、気持ちよさそうに寝息を立てている。

秋虎の様子を一瞥《いちべつ》した後、凰駕が歩き出す。

「行くぞ」

拒否は認めないと告げるような背。瓔良は覚悟を決め、彼の後についていった。

通路を行き、朱大門のある広間まで戻った。しかし今度は氷のように透き通った水碧色の門に向かう。仁耀が施したのだろう大縄の封は、凰駕が解除した。

「封印がされていたということは、この奥にも季獣様が？」

「ああ。だが秋虎ではないぞ。秋虎は朱大門の向こうにいただろう」

通路を行く凰駕を追いながら考える。

秋虎でないとするならば……。だが春と夏の季獣がいる時期ではない。となれば答えはひとつ。

「まさか凍龍様ですか？」

国獣である凍龍。冬を司る凍龍だけは他の季獣のように消えず、季獣省の奥に秘されているという。謁見が許されるのは季獣省の者のみだとか。

凍龍国の民の多くは凍龍を敬愛している。しかし瓔良はそれ以上に、凍龍に憧れを持っていた。ぐっと手を握りしめる。

「やった……凍龍様に会える！」

その喜びは胸中で留めておくはずが、口から溢《あふ》れていた。言ってしまったと気づいた時には遅く、凰駕の小さな笑い声が返ってきた。

「瓔良は凍龍が好きなのか。凍龍を敬うがゆえに恐れる者は少なくないというのに」

「だってこの国をお守りしてくださる凍龍様ですよ。秋虎様だってお会いすれば、もふもふで可愛らしく、神秘的で美しかったです。凍龍様だってきっと」

「ふむ。仁耀や典符とは異なる反応だな。もふもふ、か」

「はいっ！　わたしは羊を育てていたので、動物が好きです。季獣様にお会いできるなんて夢のようです」

そこでなぜか凰駕が足を止めた。こちらに振り返り、なにかを考えている。

「え、あ、あの……」

視線が交差する。凰駕の視界には瓔良の顔が映っているのだろう。そうわかっているのに、彼の視線に捉えられると頭頂部から足先まで隅なく見つめられているようで落ち着かない。

(凍龍様に会えるからって浮かれすぎていた……！)

季獣に会える興奮から緊張が緩んでしまっていたが、相手は凍龍陛下であり、気安く話しかければ不敬となるのだ。瓔良の表情はみるみる青ざめていった。怒られると覚悟を決めれば、背筋もぴしりと伸びた。

「……ははっ、先ほどの勢いはどうした」

だが、凰駕は笑い出した。くしゃりと崩れた表情も美しいものの、瓔良はそれどころではない。凰駕がなぜ笑ったのか、わからない。

「凍龍や季獣への熱い語りをしたと思えば、目を合わせただけでこうも強張る」

視界いっぱいに凰駕の顔が迫った。身を屈め、わざと瓔良の顔を覗《のぞ》き込んでいる。

「……綺麗な顔をしている」

後退りをして逃げる間はなかった。むに、と顎をつかまれ、無理やり顔を上向きにされてしまった。

凰駕の切れ長の瞳がよく見える。距離の近さを示すように、凰駕の長い髪が瓔良の頬をかすめた。

「綺麗というよりも愛らしいと喩えた方がよいか。背も小さく、体も細い。これでは簡単に抱き上げられそうだ」

「っ、と、凍龍陛下！」

瓔良が声を荒らげると、凰駕の指が離れていった。しかし、縮まった距離はまだ離れていない。

どくどくと心音が急いている。それでなくても整った顔をした凰駕が距離を詰めてきているのだ、恥じらうに決まっている。熱くなった頬を知られぬよう、瓔良は俯《うつむ》いた。

「なんだ。急に大声を出して」

「近すぎるのでは……ないかと」

「その顔を確かめたかっただけだが。お前の愛らしい顔はまるで女人の――」

「わたしは宦官です！　ですから、そう言われても困ります！」

女人と気づかれては困る。瓔良は慌てて凰駕の言葉を遮った。

そんな瓔良の反応がよほど楽しかったらしい。凰駕はくっくっと笑いながら離れ、瓔良の頭をぽんぽんと優しく叩いている。

「その反応は、からかいがいがあるな」

「わ、わたしで遊んでいたんですか！」

「熱く語ったと思いきや、目を合わせて青ざめ、顔を近づければ赤くなる。お前と話すのは新鮮で飽きない」

悪びれもせずに言ってのける凰駕が恐ろしい。まだ璎良の頬は熱いままだ。不服を示すように顔をしかめていると、凰駕が璎良の頭を優しく撫《な》でた。

「そう拗《す》ねるな。私にとって璎良のような存在はありがたい」

「わたしが、ですか？」

「凍龍に会うため、私は毎日季獣省に通っている。飽きぬ者がいると息抜きになるだろう」

「褒められている気がしません」

この璎良の返答が気に入ったらしく、凰駕は顎に手を添えて「ふむ」と頷いた。

「お前は畏まらずに接している方がより面白いな。よし、これから私と話す時はくだけて話せ」

「無理です。仁耀殿に怒られます」

「凍龍陛下の命だぞ？」

ぐぬぬ、と璎良は歯がみする。仁耀や典符にどう説明すればよいのか。

そんな困り顔さえ凰駕は楽しんでいるのかもしれない。彼は先ほどよりも足取り軽やかに先を行く。

気づくと、氷大門《ひょうだいもん》を越えてしばらく進んでいた。秋虎の祠に向かった時と同じように狭い通路になっている。石壁の隙間から水碧色の淡い光が漏れているのも同じだ。凍龍がいる祠に入ったのだろう。

（肌寒い気がする）

奥に近づけば近づくほど、冷気が増していく。奥にて待つ者が凍龍と思えば納得だ。

そして、ひらけた場所に出る。吐く息が白くなりそうな冷気の中で、凰駕が言った。

「これが凍龍だ」

辺り一面、水碧色の間である。氷の壁に囲まれた中央には、長い体を渦のように巻いた大きな生き物がいる。

「わあ……綺麗……」

思わず呟いていた。

長い体躯を隙間なく埋めるのは、無数のきらきらとした鱗《うろこ》。透き通った水碧色は氷を思わせる。白銀の手足に、尾。長い髭は銀糸を細く伸ばしたようで、光に当たって輝いていた。大きな瞳を守る睫《まつげ》は銀糸のように細い氷で、まばたきするたびにしゃりりんと透き通った音を鳴らす。その音が洞に反響して心地よい。

これが凍龍国を守りしあやかし、凍龍だ。

この美しい姿から目を離せない。魅入られた瓔良は凍龍に近づいていた。

瓔良が手を伸ばすと、凍龍は嫌がる素振りをいっさい見せず、その手に顎をすり寄せた。龍の髭が揺れ、玻璃《はり》同士をぶつけたような甲高い音が響く。

無数の鱗に瓔良の姿が反射し、まるで鏡の中にいるかのような心地だ。手に触れる氷の髭のくすぐったさまで愛らしい。

「可愛い……」

瓔良が微笑むと、凍龍は嬉しそうにその身を揺らした。巨大な体躯が動くのに合わせ氷鱗《ひょうりん》がぶつかり、小さな氷晶《ひょうしょう》が舞う。それはきらきらと。きらきらと。

辺りの光を反射して、煌めく。小さな小さな、氷の結晶。

「まるで光の中にいるみたい。どんな氷よりも、綺麗」

この美しい氷晶の世界で、黙っているなんてできない。自然と瓔良は感情を声にのせていた。

「瓔良」

そこで凰駕の声がして、瓔良は我に返った。

(凍龍様は、凍龍陛下のもの。簡単に触れていいものではないはず。わたし、とんでもないことをやってしまったのかも)

しっかりと凍龍に触れていたのだから、今度こそ怒られるだろう。凰駕の表情を確かめるのが恐ろしく、瓔良は慌てて頭を下げた。

「申し訳ございません。勝手に触れてしまいました」

「あ、ああ……謝らなくていい。凍龍があのように懐き、触れさせるのは珍しい。きっと瓔良は凍龍に許されているのだろう」

お咎《とが》めはないと判断し、瓔良は安堵《あんど》の息をつく。

「……お前の手は、それほどに好まれるのだな」

だが、ほっとしている間に凰駕が瓔良の手をつかんでいた。先ほど凍龍に触れ、その前は秋虎に力を送った瓔良の手のひらだ。

「凍龍も秋虎も、この手にずっと触れていたくなったのだろう。その気持ちが私にもわかるかもしれない」

柔らかく、撫でられる。その指先は、凍龍の祠の冷えた空気を感じなくなるほど温かく、手のひらをくるくるとなぞる動きは踊っているかのようだ。

「と、とと、凍龍陛下！」

再び頬が熱くなりそうで、瓔良は声を張る。

すると、これに呼応したかのように凍龍が動いた。きぃん、と氷のぶつかるような音もする。

凰駕は凍龍をちらりと見て、瓔良の手を離した。

「凍龍が不満そうだ」

「不満？　怒らせてしまったのでしょうか」

「そうだな。だが、怒られるとしたら私だろうな」

苦笑し、凰駕は凍龍を一瞥する。

瓔良の手を離したからか、凍龍はもとの落ち着きを取り戻していた。ゆったりと動き、体を丸めている。

凰駕は凍龍のもとに寄り、詫《わ》びるようにその体を撫でた。凍龍も心地よさそうに瞳を伏せている。

「瓔良」

視線は凍龍に向けたまま、凰駕が言う。

「凍龍はお前が好きなようだ。季獣省にいる間、秋虎だけでなく凍龍のこともよろしく頼むぞ」

「はい、お任せください」

瓔良は礼をして答える。そしてもう一度、凍龍を見た。

凍龍は水碧色の大きな瞳を嬉しそうに細め、その中心には瓔良が映っていた。

＊＊＊

季獣省は多事多端の省として知られている。というのも季獣省は人手が少なく、そのくせやることが多い。秋虎に襲われて人員が欠けているのも忙しさに拍車をかけていた。

優れた異能の使い手しか入省できず、後宮にある季獣省にて寝泊まりをし、自由は少ない。そのような環境であるから、季獣省を願う者も少ないのが現状である。

こういった背景を知らず送り込まれているのが莉瓔良だった。

「い、忙しい……」

凍龍に会うべく通路を歩きながら、瓔良は大きなため息をつく。

入省して数日が経つが、異能を使って秋虎に力を与えるだけが仕事ではなかった。数刻置きに秋虎や凍龍の様子観察をし、これらを書にまとめている。幸いにも郷里にて識字を学んでいたので苦はなかったが、合間に祠や季獣省内の掃除も任されるのが厄介だ。

「ため息をついていては、愛らしい顔が台無しだぞ」

後ろから聞き覚えのある声が聞こえた。冬凰駕だ。凍龍陛下が、また来ている。

瓔良はうんざりとしながら返事をした。

「……凍龍陛下は暇なんですね」

「なんだ突然。私に暇なんて言ったのは、璎良が初めてだぞ」

「今日は既に凍龍様にお会いしたと聞いていたので。一日に何度もここに来るほど、凍龍陛下は暇なのかと思いまして」

毎日季獣省に顔を出すとは聞いたが、一日何度も来るとは聞いていない。凍龍に会いに来るだけでなく、季獣省内をうろうろとしていることもある。そのため、入省してから毎日凰駕と顔を合わせている。そうして璎良と会えば声をかけるだけでなく、ちょっかいをかけてくるのだ。

「そう言われてみればそうだな。私は暇なのかもしれない」

凰駕はなぜか納得した様子で頷いている。

くだけた口調でかまわないと言っていた通りで、璎良に対して怒ることはなかった。むしろ喜んでいる節さえある。そのため璎良としては話しやすいのでありがたい。とはいえ、女人だと悟られないよう気を抜けないが。

話しているうちに、璎良は凍龍の祠に着いた。まずは凍龍に挨拶し、様子を確かめる。それから祠の清掃を始めた。

本来は手の空いた宦官が祠の清掃をしていたようだが、仁耀曰《いわ》く『少しずつ仕事に慣れてほしいので』らしく、下っ端の璎良がすべて担当している。

「……凍龍陛下」

「なんだ？」

持ってきた箒《ほうき》を使って掃除していた瓔良は、眉間に皺《しわ》を寄せて凰駕を見る。

「ついてきたのなら、手伝っていただければ助かります」

「うむ。そうしたいところだが、私は忙しいからな」

いったいなにが忙しいのか、と瓔良は言いかけたものをぐっと呑み込む。

（無視だ、無視）

凰駕は、瓔良の後をついてきたり瓔良の顔をじっと見つめたりと呑気な様子だ。きっと、またからかっているに違いない。

瓔良はそう判断して掃除に集中する。竹箒を使って石畳の隙間にある塵《ちり》をかき出す。

凍龍の周りには氷の欠片などが落ちているのでこれも箒で集める。

そうしてしばらく作業を進め、ふと凍龍の方を見上げた時である。

「瓔良」

耳朶《じだ》に触れる吐息は距離の近さを示し、鼓膜を揺らす凰駕の声が妙に甘ったるく感じた。瓔良は驚き、慌てて振り返る。

「な、なにを」

「そう慌てる必要はないだろう。名を呼んだだけだぞ」

「み、耳元で囁《ささや》く必要はないと思いますが！」

瓔良は声を荒らげて反論する。心音が騒がしくなったのは、耳をくすぐる甘い声のせいだろう。突然このように囁くなどずるい。この動揺を知られたくなくて、後退りをした。

「瓔良とは、随分可愛らしい名だと思ってな。呼んでみたくなっただけだ」

凰駕は愉快だとばかりに笑っているが、瓔良の内心は大慌てだ。『可愛い』という単語から女人だと連想されては困る。瓔良は躍起になって口を開いた。

「わたしは宦官です！」

「無論、知っているぞ」

「わたしは宦官なので、可愛らしい名だと言われても嬉しくありません！」

凰駕が核心に触れそうになるたび、瓔良はすぐ訂正している。

宦官であると何度も宣言していけば、凰駕も理解してくれるかもしれない。そして瓔良自身も偽りの立場だと再認識できる。そんな自己主張作戦だ。

その作戦が効いているかといえば、今のところ手応えなし。凰駕は楽しそうに笑みを浮かべている。

「ははっ。瓔良は本当に面白いな……うん？」

ぴたりと凰駕の動きは止まった。

困惑する瓔良をよそに凰駕はじっと瓔良を見つめたままである。そしてなぜか、するりと凰駕の指がこちらに伸びてきた。

（え？　え？　ええ？）

顎に触れたと思いきや、顔を持ち上げられる。凰駕と目を合わせる体勢になってしまったが、身長差があるため瓔良は見上げるような角度だ。視界には近くにいる凰駕の表情と、刺さりそうなほど真剣な眼差しがある。

郷里にいた頃は幼馴染《おさななじみ》の典符がいたし、他にも異性の友人はいた。とはいえ恋愛経験はない。このような距離の近さを、瓔良は知らない。

いったいなにをするつもりなのかと想像し、急激に顔が熱くなるのを感じた。しかし彼の指に捕まっている以上、顔を逸らすことも逃げることもできない。

「あ、あのっ」

耐えかねて、瓔良はきゅっと目をつむる。そして声を荒らげて凰駕を止めようとした時である。

「やはり、顔色がよくない」

ぽつりと聞こえてきた凰駕の言葉に、瓔良はぱちりと目を開いた。

「へ？　か、顔色……？」

「凍龍の祠にいるから冷えたのかと思ったが、それだけではないな。前と違い、血色がよくない。具合が悪いのか？」

その質問と同時に、璎良を捕まえていた指先がするりと離れていく。

凰駕は璎良の体調を確かめるつもりだったのだ。それを認識すると、先ほど抱いたものとは異なる恥ずかしさが込み上げる。

（か、宦官だって話しているのに！　凍龍陛下の距離が近すぎるから！）

それもこれも凰駕のせいだと結論をつけ、璎良は平静を装う。そして凰駕の問いかけに答えた。

「たぶん、異能を使ったからです」

凰駕が案ずる体調不良について心当たりはある。実はここに来る前に、秋虎の祠に行って異能を使ってきた。

「わたしの異能は、力を送るもの。使うと疲れてしまうので、そのせいかと」

「毎日使っていると聞いているが、それは璎良が無理をしているのか？」

からかう時と違い、凰駕は真剣な声音になっていた。心の底から璎良を心配しているのだろう。

安心させるべく、璎良は微笑んだ。

「無理ではありませんよ。休めば治る程度ですから」

この程度、慣れている。長くこの異能と付き合ってきた身だ。どのようにすれば自身の疲労が取れるのかは、瓔良が一番わかっている。

「秋虎様については気になるところがあるので、原因がわかるまで毎日異能を使うつもりです」

「ふむ。気になるところとはなんだ。瓔良の意見を聞かせてほしい」

信頼されているのだと感じ、瓔良は「ありがとうございます」と礼を告げた。そしてこれまで秋虎と接して感じたものを素直に伝える。

「秋虎様の体調に波がありすぎるのです。よくなってきたかと思えば、その日の夜に急激に悪化する。わたしが力を送っても、それを失っているのかもしれません」

瓔良が異能を使い、送り込んだ力が溜《た》まってきた頃に、秋虎は急激に弱る。朝であったり夜であったりと、弱る瞬間にはばらつきがある。弱るような行動を秋虎が取っている様子はなく、原因は未だに不明のままだ。

「ふむ。となれば秋が来ないのは力が足りないためか。瓔良が力を送っても足りないというのなら、力を欠く原因を探す必要があるな。この話を仁耀にはしたのか？」

「まだです。わたしの推測でしかないので」

「早めに伝えた方がいいだろう。この件は早急に解決したいからな」

「そうですね。早く秋が来た方がいいですもんね」

「ああ。だが、それだけじゃない――」

語りながら、凰駕がこちらに手を伸ばす。そして瓔良の額にそっと触れた。

「異能を使うと疲れるのだろう？　なるべく瓔良に無理をさせないよう、早めに解決したい」

「あ、ありが……とう……ございます」

お礼が途切れかけたのは、額に触れられた驚きのせいだ。

前髪をかき分けて触れる凰駕の手はひやりと冷たい。心地よく思う反面、手のひらの感触が伝わって恥ずかしくなる。顔が赤くなりそうで、凰駕を見つめていられない。

（凍龍陛下は距離が近すぎる……！）

毎度こんな調子では心臓がいくつあっても足りない。見目のよい凰駕が相手というのもよくなかった。

「おや。凍龍陛下もこちらにいらしていたんですね」

そこで仁耀の声が聞こえた。凰駕も声をかけられるまで仁耀が来ていたと気づいていなかったらしく、瓔良の額に触れていた手は慌てたように離れていく。

「凍龍陛下にも困ったものです。今日も瓔良を追いかけ回していたんですか」

「反応が面白いからな。見ていて飽きない」

「すっかりお気に入りですね。その瓔良を少々お借りしてもよろしいでしょうか」

にっこりと笑顔を浮かべて会話していた仁耀が、今度は瓔良に向き直った。凰駕はというと、お気に入りのおもちゃを取られた子供のようにむっと顔をしかめている。

「そろそろ新しい仕事を覚えていただきたいので」

「新しい仕事……まだやることが増えるんですか……」

「そんなに嫌な顔をしなくとも簡単ですよ。季獣参詣の同行です。季獣省に来た妃嬪の方々を祠に案内するだけです」

秋虎のため季獣省に入ったはずが、こき使われている気がする。季獣省の人手不足を嘆く仁耀は、容赦なく瓔良にも仕事を与えていた。

「これから私は瓔良と戻りますが、凍龍陛下はどうされますか？　今日は蒋淑妃《しょうしゅくひ》がいらっしゃいますよ」

「いや、私は戻る。妃嬪に会うつもりはない」

妃嬪とは、凍龍陛下の妃――簡単にいえば凰駕の妻だが、仁耀の誘いに対して凰駕の表情や声音は強張っていた。それを感じ取った瓔良は首を傾げる。

（どうして会わなくていいの？　自分の妃なんだから、そんなに怖い顔をしなくてもいいと思うけど）

入省してから今日までを振り返っても、凰駕の硬い表情は見ていない。その引っかかりを胸に抱いたまま、瓔良は仁耀と共に祠を出た。

予定の刻限になると、季獣省が芳しい花の香りで満ちる。これは季獣参詣にやってきた妃嬪たちが纏う香りだ。披帛《ひはく》や襦裙《じゅくん》が風に揺られ、歩揺《ほよう》が心地よい音を響かせながらやってくる。むさ苦しい季獣省が華やぐ刻限だ。

今回は仁耀と行動し、その手順を覚える流れとなっていたが、気乗りはしない。その理由は妃嬪らにある。

意匠を凝らした襦裙に金銀宝石をふんだんに使った装飾品。そういった装いに負けじと妃嬪は総じて美しい。白磁のような肌は艶々とし、髪は丁寧に梳《す》いてまとめて生花や簪《かんざし》を挿している。

（凍龍陛下の妃になれるんだもの、みんな綺麗だな）

郷里にいれば一生お目にかからない華やかな娘たち。まるで別世界を覗き見ている心地だ。

瓔良は美しく着飾った経験がなかった。羊の世話をするため動きやすい装いばかりだ。同じ女人として憧れ、羨ましくなる。

（……だから、わたしは妃ではなく宦官としてここにいるんだろうな）

妃嬪らの美貌を前にするたび、瓔良は自分がここにいる理由を思う。

瓔良では間違っても妃嬪にはなれない。宦官に扮するしか手がなかったのだろう。

それを痛感し、気鬱になっていく。

「お越しいただきありがとうございます」

今日参詣予定なのは蔣淑妃だ。彼女と対面し、仁燿が礼をする。それに倣って瓔良も頭を下げた。

蔣淑妃は、これまでに見た妃嬪とは別格の美貌を持つ妃だった。大きな瞳は朱大門の付近をじろりと見回している。

「凍龍陛下は？　今日はいつ頃に季獣省に来るのかしら」

「凍龍参詣を終え、戻られましたよ」

確かに凰駕は先刻、季獣省を出ていった。それを仁燿が告げると、蔣淑妃は顔をしかめた。そして嫌気たっぷりにため息をつく。

「……はあ。面倒だわ」

不機嫌そうだとは感じていたが、蔣淑妃はその態度を隠さない。仁燿を睨《ね》めつけている。

「いつ来てもお会いできない。凍龍陛下に会えるなら我慢できるけれど、会えないのにこんな汚い場所に来なければならないなんて、本当に嫌だわ」

「そう仰いますな。季獣参詣は妃嬪の務めにございます」

「たかが獣よ。祈りを捧げるだなんて、古くさい」

美しい顔が台無しになるほど、蔣淑妃は悪態をついていた。凰駕がいないと知るなり苛立っているのか、手にした扇を荒々しく宮女に渡している。

(嫌な態度……汚い場所だの獣だの、季獣様に失礼じゃない)

季獣とは凍龍国にとって尊い存在であり、それを祀《まつ》る季獣省は神聖な場所と考えてもよいだろう。季獣に対する考えがそれぞれ異なるのは理解しているが、それをこの場所で口にする蒋淑妃の神経がわからない。

璎良はちらりと仁耀の様子を見る。しかし蒋淑妃の態度を窘《たしな》めず、穏やかな笑顔を浮かべて聞き流していた。

璎良と仁耀は、蒋淑妃を連れて朱大門を抜ける。祠のじめついた空気が特に嫌なようで、蒋淑妃は「早く帰りたいわ」「裙が汚れる」と不満を呟いてばかりだった。

そしてようやく、秋虎の前に辿《たど》り着く。仁耀は振り返り、蒋淑妃に告げる。

「では、凍龍国に季の恵みを配られる季獣様に、感謝の祈りをお願いします」

「……はあ」

妃嬪はその場に膝をつき、手を組んで祈りを捧げるのだと聞いていた。しかし蒋淑妃は動かない。膝をつくどころか身を屈めることさえしなかった。

「蒋淑妃。身を屈めていただきたいのですが」

「嫌よ。こんな汚い祠に膝をつくなんて最悪」

仁耀は困り顔をしていたが、それ以上は告げなかった。妃嬪に強く出られないのかもしれない。

「祈り、ねえ……」

蔣淑妃は嫌々だと言わんばかりに、覇気のない動きで手を組む。季獣のために祈る形をとってはいるが、瞳は開いたまま、眉間に皺を寄せて秋虎を睨めつけている。

(なんて態度なの!?)

これらの態度に瓔良はより苛立っていた。この横暴を咎めない仁耀にも腹が立つ。

これだから秋虎の力が足りていないのではないか——そう考え、瓔良が秋虎を見やった瞬間。

(え?)

紫色をした煙が、見えた。

紫煙はうっすらと、目を凝らさなければ気づかぬほど薄いもの。それは秋虎の足元を這《は》い回った後、巨体を覆う。

見間違いかもしれないとまばたきを数度しているうちに消えていった。紫煙の代わりに残されたのは、苦しげに顔を歪《ゆが》めた秋虎の表情である。

(秋虎様の様子が変わった……?　さっきの煙と関係がある?)

仁耀は蔣淑妃の様子をじっと見つめていた。蔣淑妃の行動におかしな点がないか見張っているのかもしれない。

「祈ったわよ。これでいいでしょう」

はあ、と何度目かわからないため息をついて蔣淑妃が言う。祈るにしては短すぎる時間だ。

「くだらない時間。こんなのが妃嬪の務めなんて、やってられないわ。汚い獣と同じ空間にいるなんて、ああ、空気まで汚らしい」

そう吐き捨て、蔣淑妃は手で顔を覆う。

(この人は……季獣様をなんだと思っているの)

季獣は表情変化がわかりにくいと語られているが、瓔良にはじゅうぶん表情が伝わる。秋虎は苦しんでいるように見え、尾に灯る炎は弱々しくなっていた。

「……季獣様はこの国に季の恵みを与えてくださる、神聖なあやかしです」

これ以上我慢できず、瓔良が口を開く。その発言に蔣淑妃は眉を跳ね上げたが、瓔良はかまわず蔣淑妃にずいと寄る。

「この国の秋がいつもより遅いことは蔣淑妃もご存じのはずでしょう」

「それが？　秋が来ないからなんだというの」

「秋は大切なものです。夏から大切に育ててきた作物は収穫の時期。草葉は色を変え、冬に向けての支度をする。現在は夏が長く続き、困る民が多くいます」

「そう。それは大変ね。でも、わたくしは困らないわ」

蒋淑妃は鼻で笑った。

「夏が続いたからと、後宮で困る人は見ていないもの。作物だの草葉だの、わたくしは興味ないわ」

「それは蒋淑妃だけでしょう。この国にとっては大きな問題です」

「では他の妃嬪がやればいいこと。わたくしは忙しいのよ。いつ凍龍陛下にお会いできるかわからないのだから、早く戻って湯浴みをしないと」

なにを言っても瓔良の言葉は届かず、それどころか早々に戻ろうとしている。

その態度が許せない。黙ってなどいられるものか。宦官に扮する現状を忘れ、瓔良は怒りのままに告げる。

「そのような態度だから、凍龍陛下にお会いできないのでは」

この発言に、蒋淑妃の足が止まる。振り返ってこちらを向いた彼女は目を剥き、怒りを露わにしていた。

「季獣参詣は妃嬪の勤めであるというのに蔑ろにしている。凍龍陛下はそのような心を見抜いているから、お会いしたくないと避けているのでしょう」

「瓔良！　それ以上は――」

仁耀が遮るも、瓔良の言葉はしっかりと蒋淑妃に届いていた。冷えた目つきで瓔良を見下ろす。

「季獣省には、身の程知らずの宦官がいるようね。あなた、名前は？」

「荊瓔良と申します」

「そう。覚えておくわ」

凄みが利いた声は祠によく響く。それでも瓔良は物怖じせず、蒋淑妃を睨《にら》み返していた。間違ったことは言っていないと思っている。

仁耀がふたりの間に割って入る。背で瓔良を隠しながら、蒋淑妃に詫びた。

「申し訳ございません。この者は季獣省に来たばかりでして、後ほど厳しく叱っておきますゆえ」

「宦官ひとりの指導も満足にできないとはね。これでは範仁耀の格も下がりますよ。よく躾《しつ》けておきなさい」

言い終えると、蒋淑妃はこちらに背を向けた。宮女たちに声をかけ歩き出す。

「早く戻りましょう。今晩こそ凍龍陛下がいらっしゃるかもしれないわ。あなた、花をたくさん浮かべた湯を用意してちょうだい。ここの汚い空気が染みつかないうちに体を綺麗にしたいわ」

瓔良や秋虎の様子を気に留める素振りもなく、蒋淑妃らは去っていった。

本来は朱大門に戻るまで宦官が同行するのだが、この状態である。仁耀は瓔良と残った方がよいと判断したのだろう。彼は深くため息をついた。

「はあ……度胸がありすぎる瓔良のおかげで肝が冷えましたよ」

「秋虎様をあのように扱うなんて許せません。あの態度はひどすぎますよ」

「瓔良が言ったことは正論でしょう。ですが、あのように妃嬪に噛《か》みつくのは勘弁してほしいですね。それでなくても現在の後宮はひりついているので」

「ひりつく？　では蔣淑妃の態度は後宮のせいだと？」

　瓔良は首を傾げた。蔣淑妃以外の妃嬪と言葉を交わしていないため、皆があのような性分なのだろうかと想像し、ぞっとした。

　そんな瓔良の表情に気づき、仁燿が苦笑しながら語る。

「後宮の妃嬪たちは凍龍陛下の寵愛を求めているのですよ」

「寵愛……ああ、なるほど。凍龍陛下は格好いいですもんね。虜になる妃嬪はきっと多いでしょうね」

　瓔良は心のままに告げただけである。からかってくるところは別として、凍龍陛下は格好いいと。

　しかしなぜか、仁燿は目を丸くしていた。まんまるにした瞳を数度瞬き、それからなぜか笑い出す。

「わたし、変なこと言いました？」

「いえいえ。なんでもありません。ここにいるのが私でよかったなと思ったまでです」

仁耀がなにを考えて笑っているのか、瓔良には見当もつかなかった。そこまで笑うような発言はないはずだが。

しばし肩を震わせた後、仁耀は咳払《せきばら》いをした。

「瓔良が仰る通り、凍龍陛下は妃嬪にとって憧れの存在です。しかし後宮の問題はそれだけではありません。後宮は多くの娘を妃嬪として迎えましたが、それは名前だけで、凍龍陛下が妃宮《ききゅう》に渡った夜はありません」

「渡る。つまり……」

「独り寝の凍龍陛下、とも呼ばれています。ですから、凍龍陛下のお手つきになるべく自分磨きに徹しているのです。どうにかして凍龍陛下の気を引こうと考えているのでしょうね」

これを聞き、蒋淑妃の行動が腑《ふ》に落ちる。確かに彼女は凍龍陛下を捜し、襦裙の汚れや湯浴みなどを気にしていた。季獣参詣の日課を後回しにしてでも、凍龍陛下の心を射止めたいようだ。

しかし瓔良が気になるのは凰駕だ。

「ううん……なぜ凍龍陛下は妃嬪のもとに通わないのでしょう」

なぜ凰駕は妃嬪のもとに通わないのか。日々磨き上げているのだろう蒋淑妃は輝くほど美人だった。同じく見目のよい凰駕とお似合いである。妃嬪を拒む理由はなんだろう。

そこまで考え、璎良の頭にひとつの答えが浮かんだ。

「はっ！　まさか、凍龍陛下は女人が苦手なのでは」

璎良が至った結論はこれだった。実は女人が苦手だから妃宮に通わず、妃嬪も拒んでいるのではないか。

璎良としては納得できる結論だが、仁耀は違ったようだ。こらえきれずに吹き出し、腹を抱えて笑っている。

「ふ……にょ、女人が苦手……なるほど、そうきましたか。ふふ」

「変なことを言いましたか？」

「ふふふ……新しい解釈すぎて……これは面白い」

「そんなに笑わなくても。仁耀殿は凍龍陛下が独り寝を続ける理由を知っているんですね？」

「こればかりは私からは申し上げられません……ふふ」

口ぶりからして、仁耀は知っているのだろう。しかし答えてくれる気はなさそうだ。

仁耀は笑いをこらえるのに忙しいようで、璎良は諦めて秋虎のそばに向かう。

「……秋虎様」

そっと手を差し伸べる。先ほどの苦しげな表情は和らいでいたが、蒋淑妃が来る前

より も力を欠いていた。

ふわふわと温かな毛並みに瓔良の手を埋める。秋虎の巨体を撫でながら告げた。

「秋虎様。わたしが力を送りますね」

瓔良は目を閉じ、異能を使う。手のひらに熱が集まった。

(ごめんね秋虎様。あのような祈りでは、力が足りなくなってしまうよね)

心の中で語りかける。力を送ると、秋虎の表情が和らいだような気がする。心地よさそうに瞳を伏せ、尾を揺らした。

(凍龍陛下の寵愛が欲しいからって、季獣様を蔑ろにするのは間違っているよ)

蔣淑妃だけでなく、妃嬪全員があのような態度なのだろうか。想像すると恐ろしくなる。

秋が来ない原因が妃嬪らの態度にあるのなら、簡単に解決できるだろう。しかし瓔良にはそれだけが原因と思えなかった。一瞬見えたあの紫煙が秋虎の力を奪ったように見えたのだ。

嫌な予感が、する。

「……うん。さっきよりも元気になった」

力を送り終え、秋虎の様子を確かめる。元気になったと判断し、瓔良は微笑んだ。

秋虎の体を数度撫でてから、瓔良は振り返る。紫煙のことを仁耀に報告していなかった。なにかわかるかもしれない。

「仁耀殿、先ほど――」

しかし、うまくいかなかった。振り返ろうとした体は均衡を欠き、視界がぐらりと揺れる。血の気が足りていないのだ。

糧の異能を使いすぎた時に起こるものである。そういえば今日は既に異能を使っており、秋虎に力を送るのは二度目である。

「あ、あれ……」

なんとか立とうと足を踏み出すも、膝に力が入らない。瓔良の体は前のめりになって落ちていく。手を伸ばすもつかめるようなものはなかった。

倒れる。そう思った時だった。

「危ない！」

地に落ちる寸前で体が浮いた。

なにが起きたのかわからず、視界にあるのは青みがかった長い髪。それが誰のものであるか判断しようとしたところで、その人物が言った。

「なにもないところで転ぶとは、疲れすぎているんじゃないか」

「凍龍陛下？　季獣省を出たはずでは」

「ああ。一度出たが、戻ってきた」

凰駕に助けられたのだ。そうでなければ瓔良は祠の床に張りつくようにして倒れただろう。

「ありがとうございま……うん？」

助けてもらったお礼を伝えようとし、気づく。

やけに近く感じる凰駕の表情。頬をくすぐる凰駕の長い髪。背と膝裏に添えられた手と、その温かさ。いつもより高い視点。祠の天井。

凰駕に抱きかかえられている状況を理解し、瓔良は顔を赤くして叫んだ。

「あ、あの！　こ、このように抱えてもらわなくとも歩けます！」

「降ろしたらまた倒れてしまうのではないか？」

「それは頑張ります！　ですからっ……」

助けてくれたことは嬉しいが、この距離はまずい。なにより凰駕が瓔良の体に触れていた。宦官の装いで隠れているが、腰などは触れると細さがわかる。

女人だと気づかれてしまうのではないかという焦りと、触れているという恥じらいから逃げるようにきゅっと目を伏せ、瓔良は叫んだ。

「わ、わたしは宦官です！」

「……凍龍陛下。そこまでにしてあげてください。瓔良が困っていますよ」

助け船は仁耀からだった。半ば呆《あき》れたような表情で、凰駕に苦言を呈している。

凰駕は仁耀の言葉を聞き、瓔良を降ろした。とはいえ、目眩《めまい》は治まったものの体に力は入らない。

「瓔良。これを食べろ」

そう言って凰駕が差し出してきたのは、鶸色《ひわいろ》の包みだった。細紐《ほそひも》を解いて包みを開くと、桂皮《けいひ》の甘い香りが広がった。

「菓子、ですか？」

「揚げ菓子だ。糧の異能を使いすぎると疲れてしまうのだろう？　その疲労には甘いものが効くのだと聞いているが」

「ありがとうございます！」

瓔良はぱあっと表情を明るくした。

糧の異能を使いすぎると疲弊する。そのような時、瓔良は甘い菓子を食べていた。甘味を舌にのせれば体中に力が漲っていく。

異能による疲労回復でさまざまなものを試したが、瓔良にとっては甘味が一番だった。そのため郷里にいる時はいつも甘い菓子を持ち歩くようにし、父や兄も瓔良のために甘味を用意しておくほどだった。

凰駕から受け取って、ひと口食べる。揚げてあることから表面はさくさくと食感がよく、中はほんのりと甘い。桂皮の濃密な甘い香りが口の中に広がった。やみつきになるほどに美味しく、瓔良は目を伏せて甘味を堪能していた。

「美味しいです。力が出ますね」

「ふふ、そうか」

瓔良にとって甘味は不思議なもので、これが覿面《てきめん》に効くのだ。少し休むよりも甘いものを口にした方が回復が早い。顔色もよくなっているだろう。それを示すように、瓔良を見つめる凰駕が安心したように息をつく。

「元気が出たようでよかった。取りに戻ったかいがあった」

「わざわざ取りに戻ったんですか？」

「うん？　まあ……ついでだったからな」

なぜか凰駕は歯切れ悪そうな物言いをし、瓔良から顔を背けてしまった。その行動の裏にある真意はわからない。瓔良は菓子を食べながらぼんやりと考える。

（凍龍陛下のおかげで助かったけど……異能を使いすぎたら甘いものが効くとは伝えていないはず。どうして知っているんだろ）

異能を使いすぎた時は甘味を食べるということはあまり周囲に話していない。同郷の典符にさえ教えていないのだ。入省してから今日までの間に凰駕に話した記憶はなく、なぜ彼が知っていたのかわからない。

疑念はあるものの、凰駕に感謝していた。瓔良のために菓子を持ってきてくれたことが嬉しい。

＊＊＊

翌日も瓔良は凍龍の祠に向かっていた。時間が空けば凍龍や秋虎を愛でに行くのが瓔良の日課となっている。

「わ。待っていてくれたの？」

狭い通路を歩く音で瓔良とわかるらしく、いつ来ても凍龍は瞳を開けて瓔良を待っている。仁耀や典符の時は瞳を伏したまま渦巻く姿勢から動かないと聞いたが、瓔良はそのような姿を見ていない。早く撫でてくれと言わんばかりに長い身をこちらに向けてくるところばかりだ。

凍龍に手を伸ばす。ひやりとした龍身に煌めく鱗は、まるで細かく砕いた氷に触れているかのようだ。

「ふふ。可愛い」

誰もいないことは既に確かめていた。そのため気を緩めて、凍龍に微笑む。

「凍龍様は変わらず元気でよかった。秋虎様はまた体調が悪くなってしまったから」

瓔良の言葉は届いているらしく、元気だと示すように凍龍が体を震わせた。細かな氷の粒が空気中に舞う。それは祠の光を反射し、まるで水碧色に包まれているような錯覚を起こす。

この瞬間が、瓔良はとても好きだった。

水碧色のきらきらとした光を眺めていると畏敬の念を抱く。これが凍龍国を支えるあやかしなのだ。なんと美しい輝きなのか。

「凍龍様に会えて本当によかった。こうして撫でられるなんて、わたしは幸せ者だね」

ふふ、と笑って凍龍を撫でる。凍龍も喜ばしそうに瞳を細め、瓔良の手の感触に身を委ねていた。

こうして凍龍に触れていると瓔良の心は凪《な》ぐ。同時に、妙な懐かしさを抱いていた。

体の芯まで冷やすも、心の奥を温めるような優しさと厳正なるものを備えた空気。さまざまな光を映し、きらきらと降り注ぐ氷晶。

(どこかで見た気がするけど、国獣である凍龍様はこの祠にいるはずだから会うわけがないのに。気のせいだろうな)

胸中にある懐かしさについては結論が出ない。瓔良は気の迷いだと片付け、もう一度凍龍を見つめる。

「季獣省の仕事は大変だけど、凍龍様に会えて本当によかった」

そう告げると、凍龍がぴくりと体を震わせた。大きな瞳は瓔良ではなく、通路に向

けられている。凍龍はじっとその方を見やり、こちらにやってくる人物を待っている
ようだったので、凍龍にとって好ましい人物がやってくるのだろう。

しばし待つと瓔良にも足音が聞こえるようになった。そして、その人物が顔を出す。

「なんだ。先客がいたのか」

瓔良の想像通り、やってきたのは凰駕だ。

「凍龍陛下もいらしたんですね」

「時間があったからな」

凰駕は瓔良の隣に並び、凍龍を優しく撫でる。凍龍を見つめながらも、紡ぐ言葉は
瓔良に向けていた。

「仁耀から、凍龍や秋虎の祠に足繁く通っていると聞いた。感謝している」

「いえ。季獣省宦官として当然です。それに、わたしが凍龍様や秋虎様にお会いした
いので」

「ほう？　会いたかったのはそれだけか？」

凰駕は瓔良を見やり、意味深ににたりと笑みを浮かべている。

「ひとり、足りていないが」

「ええ？」

彼の問いかけの意図がわからず、瓔良は首を傾げる。凍龍と秋虎の他にも会いたい

と思う者はいただろうか。自問していると、ずいと凰駕が瓔良に顔を寄せた。

「私には会いたくなかったのか？」

端正な顔立ちが近づくなり、耳をくすぐるように甘く囁かれ、瓔良の身が竦《すく》む。くすぐったさと恥ずかしさが一気に襲来し、瓔良は慌てて飛び退いた。

「い、い、今のは……！」

「毎日会っているのだから、私の名が出てきてもいいはずだが」

「なにを言ってるんですか⁉」

声を荒らげる瓔良だが、凰駕は素知らぬ顔をしている。見れば凍龍もふたりのやりとりを楽しそうに眺めている。この場に瓔良の味方はいないようだ。

「わたしは宦官です！　ですから、凍龍様や秋虎様の様子を見るのは仕事のうちで」

「では仕事以外で私に会えばいいだろう」

「あのですね、凍龍陛下はこの国の皇帝陛下で、わたしは宦官なんです」

真剣な顔で捲《まく》し立てる。だが凰駕にはいっさい届かず、それどころかにやりと笑っていた。

「安心しろ。お前は宦官だとわかっているから、そう連呼するな」

「わかっているなら、からかうのはやめてください」

「顔を近づけるぐらいはよいだろう」

「だめです。適切な距離を保ってください」

そう告げると、凰駕は唇を尖《とが》らせた。

不満はありつつも瓔良の主張を聞いてくれたようだ。再び凍龍を見上げる。凍龍は凰駕の手のひらを求めるかのように顔をすり寄せていた。

「……季獣省にいると、癒やされるな」

こぼれ落ちた呟きは、凰駕にしては珍しく疲労の色が滲《にじ》んでいる。それが気になり、瓔良は問う。

「凍龍陛下にとって、季獣省以外は疲れるものなんでしょうか？」

「ふむ。では問おう。この国を動かすのは皇帝か？」

瓔良は返答に悩んだ。しかし偽らず、正直に告げる。

「わかりません。わたしは季獣省の外には疎いので、政《まつりごと》の知識はあまり」

「素直でよい。当てずっぽうで答えられるより好ましいな」

凰駕は凍龍を撫でながらも、ぼんやりと遠くを見つめていた。

「実際は皇帝だけでなく、皇帝という象徴のもとに集まった多くの者の助力でこの国は成り立っている。しかし集まるのは、私と同じ考えをした者だけではない。異なる考えや、異なる方向に国を導きたい者もいる。国ではなく、家門繁栄を重視する者も」

その口ぶりからして、凰駕は相当に参っているようだ。からかっている時のような気の抜けた表情や仕草はなく、凍龍国皇帝としての言葉だった。

「今日も、後宮に行けと請われたからな」

「後宮？　ここ、ですよね？」

「そうだ。だが、彼らの語る後宮とは、外れにある季獣省ではなく、妃嬪の宮だろう」

そこまで聞いて、ようやく瓔良も全体像を把握した。

つまり凰駕は、妃嬪に会えと言われたのだろう。しかし妃嬪の宮ではなく季獣省に逃げてきたのかもしれない。

仁耀との話が蘇《よみがえ》る。

妃嬪と会わず、独り寝を続ける理由。仁耀は笑っていたが、瓔良は未だに凍龍陛下は女人が苦手なのだと考えている。

その理由と、今回の話が結びついた。瓔良はぽんと手を打ち、大きく頷く。

「なるほど！　だから季獣省で癒やされると話していたんですね。凍龍陛下は女人が苦手だから季獣省に――」

と告げた瞬間、凰駕が驚いたように振り返った。

「は？　女人が苦手ってそれは」

眉間に皺を寄せ、いまの発言を訝《いぶか》しんでいる。

しかし同時に、瓔良もあることを思い出した。

「あ！　そうでした。わたし、届け物に行かないと」

　瓔良は仁耀に祭祀《さいし》などを司る礼部への届け物を頼まれていた。

　というのも、瓔良は妃嬪を案内する仕事を任されなくなった。蒋淑妃の一件から瓔良に妃嬪を案内させるのはよくないと考えたらしく、記録確認や掃除、届け物など簡単な業務のみとなったのだ。

　しかし塵も積もれば山となるという言葉の通り、雑務も増えれば忙しく、凍龍に会いに来たのも隙を縫ってのことだった。しかし凰駕と話しているうちに刻限を忘れていた。

「急いで礼部に届けないといけないので、これで失礼します」

「待て。お前が言った、女人が苦手というのは誤解で――」

「では凍龍陛下、凍龍様。また！」

　凰駕を無視し、瓔良は慌てた様子で駆け出す。振り返る余裕はもちろんない。急いで届けなければ、仁耀に叱られる。

　その場にぽつんと残った凰駕が呆気《あっけ》にとられている理由など、瓔良には知る由もなかった。

　後宮を出て、外廷にある礼部の者に届け物を渡す。つつがなく仕事を終えたのだが、事件が起きたのは季獣省に戻るべく後宮に戻ったところだった。

石敷の道を急いた足取りでやってくるのはひとりの宮女だ。細い腕でたっぷりと水の入った大桶《おおおけ》を運んでいる。その顔は見覚えがあり、蒋淑妃の宮女だった。以前に蒋淑妃の伴として季獣省に来ていたのを覚えている
瓔良は季獣省に戻りたいので、この道を行かねばならない。宮女はこちらに用があるらしく、すれ違うことは避けられなかった。

(重そうだし、前方が見づらそうだね)

ぶつかればここまで運んできた水が溢れてしまうだろう。努力が水泡に帰すのは可哀想だ。宮女がこちらに近づいてきたところで、瓔良は道を譲るべく端に避ける。

しかし、すれ違う直前で、視界の端にいた宮女の体ががくんと落ちた。

宮女が転んだのかもしれないと、理解した時には遅かった。

ばしゃん、と盛大な水音が鼓膜を揺らす。勢いよく放たれた水は、瓔良がその全身をもって受け止める形になってしまった。袍や髪から、ぽたぽたと水がしたたる。

瓔良は宮女の安否を確かめる。

「怪我はありませんか？」

瓔良は声をかけ、手を差し伸べる。しかし、予想と異なり宮女の両足はしっかりと地を踏みしめていた。怪我なども見当たらない。その様子から転んだわけではなさそ

うだ。

水をかけてしまったというのに宮女は謝るどころか、なぜか璎良を睨めつけていた。

彼女は不満そうに口を開いたが、聞こえてきたのは別の声だった。

「あなた、大丈夫？」

見れば、季獣省のある方角から美しい襦裙を来た娘がこちらに来ていた。

宮女もその方を見やる。璎良以外の者が駆けつけたことに焦ったのか、空になった桶を持ったまま走り去ってしまった。

入れ替わるように娘がやってくる。装いからして妃嬪だろう。その後ろには彼女が従えてきた宮女もいる。

妃嬪は璎良の前にやってくると顔をしかめ、袂《たもと》から手巾を取り出した。

「これを使って」

「いえ、そのうちに乾くのでご心配には及びません」

「ずぶ濡《ぬ》れじゃない。風邪を引いちゃう」

固辞する璎良にかまわず、妃嬪は手巾を無理やりに渡してくる。

ぱっちりとした瞳に、薄く色づいた頬紅。爽やかな笑顔が印象的な妃嬪だ。年齢は璎良と同じぐらいか。蒋淑妃の妖艶な美しさとは異なり、年相応のみずみずしさと明るさを感じる。

「ではお言葉に甘えてお借りします。ありがとうございます。余才人《よさいじん》」

璎良は礼を告げた。

彼女と会うのは初めてだったが、その名は覚えていた。才人の位階を賜る彼女は『余才人』と呼ばれている。今日、季獣参詣に来る予定の妃嬪だった。季獣省の方角から来たので、参詣を終えて宮に戻ろうとしていたのだろう。

「あなたは、あまり見ない顔ね。最近、入省したの？」

「はい。荊璎良と申します」

余才人はじっと璎良の顔を見つめた。背丈は同じぐらいだが、宦官には小柄な者も多くいるので璎良が低めの身長であっても珍しくはない。

しかし相手は女人といえ、こうも見つめられるのはこそばゆいものがある。正体を見抜かれてしまうのではないかという焦りもあった。どう対応してよいか迷っていると、余才人は顔を上げた。

「あなた、とっても可愛らしい顔をしているのね。宦官にしておくのがもったいないぐらい」

「あ……ありがとうございます」

「それにしても、さっきのはひどすぎよ！」

そう言って余才人は宮女が立ち去った方を見やる。どうやら興味は璎良から先ほどの出来事へと移ったようだ。瓔良は胸のうちで安堵する。

「あの子、転んだふうを装ってわざと水をかけていたわ。あんな振る舞いをするなんて信じられない。あなた、誰かに恨まれているんじゃないの？」

「……いえ、ご心配には及びません」

袍の裾を絞りながら、瓔良は小さく笑う。

「あの宮女は、転んだだけですよ」

「違うわ、転んだふりよ。わたし、見ていたんだから」

「いえ。転んだのです。それ以外はすべて見間違いですよ」

余才人がなにを見たとしても、瓔良は事を荒立てる気がなかった。

（たかが水をかけられただけ。そのうち乾くから平気）

郷里は自然が豊かで、羊を追いかけて水たまりに入ることもあった。頬に泥をつけていたような日々であったから、この程度は気にもならない。

動じない瓔良の様子に、余才人は驚いていたようだった。しばし目を瞬いた後、笑い出す。

「あなた、面白いね。気にしないなんて、珍しい」

そこで宮女が余才人に耳打ちをした。宮に帰ろうと催促をしたのかもしれない。話が終わると、余才人は瓔良に告げる。

「わたし、あなたとゆっくり話がしてみたい。また会えるかしら」

「はい。わたしは季獣省にいるので、いつでも」

余才人は宮女たちを引き連れて去っていく。瓔良はその場で頭を下げ、余才人らを見送った。

＊＊＊

水浸しになった日から数日が経ち、瓔良はひどく疲れていた。といっても異能を使いすぎた疲れではない。精神的な、もっと面倒な疲労である。

「なんだ、その姿は」

そんな瓔良に声をかけたのが凰駕である。秋虎の祠から出てくる瓔良を待っていたかのように、彼は朱大門にいた。しかし瓔良の姿を見るなり眉をひそめている。

「枝、葉……山にいたとでも言わんばかりの姿だな」

「ああ、これですか？」

指摘されてようやく瓔良は自らの袍にくっついた葉に気づいた。言われるまで気づかないほど、瓔良はこの姿に慣れていた。

凰駕がこちらに歩み寄り、幞頭に触れる。どうやら小枝が引っかかっていたらしい。

それを取るなり、大げさにため息をついた。

「いったいなにをしたら、こうまで汚れるんだ」

思い当たる節はしっかりとある。季獣省の外を掃き掃除していた時に、突然葉や小枝が豪雨の如く降ってきたのである。それも璎良のところにだけ、だ。

ただ、璎良は掃き掃除のやり直しを嘆いてばかりで、自らの汚れは気にしていなかった。

それに、昨日もあった。璎良が届け物で出かけたのを狙うかのように、季獣省外の階に油が塗られていたのだ。さらにその前は、届け物をした帰り道に宮女とすれ違い、よく見れば袍に蜈蚣《むかで》が張りついていた。

(水をかけられた後から、こういったことがよく起きるけど……裏にいる人物は見当がついているから、大きな怪我にならなければいいや)

きっかけとなったのは、蒋淑妃が季獣参詣に来た日に違いない。あの時に蒋淑妃の矜持を傷つけ、ねちねちとした嫌がらせが始まったと考えられる。

そんな璎良に対し、凰駕は思うところがあったらしい。腕を組んで何事かを考えている。しばし考えごとに耽《ふけ》った後、凰駕は真剣な顔をして言った。

「璎良。困りごとはないのか？」

「え？　特にありませんよ」

反射的に答えてしまったが、困りごとはない。しかし凰駕は引かずにぐいぐいと迫ってくる。

「あるのなら隠さずに話してほしい。些細《ささい》な問題でもかまわない」

ううん、と思案しながら瓔良が天を仰ぐ。

確かに蒋淑妃の嫌がらせはあるが、この程度なら困らない。せいぜい油や枝葉の掃除といった手間が増えるだけ。牧人の娘として自然豊かな地にいたため、蜈蚣も慣れている。そのため、困ったり悩んだりしているかと問われれば難しい。

「秋虎様の体調に波があることや季獣省の忙しさ、凍龍様が可愛いので仕事放棄して愛でていたい……悩みごとはこれぐらいですかね」

嘘偽りのない、真剣に考えた結果だ。

しかし、この返答に凰駕は納得がいかなかったのだろう。顔をしかめたまま瓔良の話を聞き終えるなり、大げさにため息をついて額を押さえた。

「はあ……もうよい」

(よ、よくわからない……凍龍陛下はなにを言ってほしかったんだろう)

正直に述べたつもりだが、なにが気に入らなかったのだろうか。首を傾げる瓔良のもとに仁耀がやってきた。

「おや。凍龍陛下はこちらにいらしていたんですか」

声をかけてきた仁耀を見つけるなり、凰駕はするりと仁耀に寄った。

「ちょうどいい。話がある」

「……少々忙しいので。後ほど伺いますね」

嫌な予感がする、とばかりに仁耀は顔を引きつらせて後退る。だが凰駕は素早く仁耀の袍をつかんでいた。

「いや、直ちにだ。今すぐ話がある」

「えぇえ……」

結局仁耀は逃げられず、凰駕に連れられてしまった。

朱大門にぽつんとひとり、瓔良が残される。

(なんだったんだろう)

凰駕が慌てた理由はわからない。今頃仁耀となにを話しているのだろうか。

その内容は不明のままだったが、夕刻に顔を合わせた仁耀はひどく疲れた様子だった。仁耀は瓔良を見るなり、どんよりとした声で告げる。

「瓔良。明日から、届け物はしなくてかまいません」

「い、いいのですか？」

仁耀は頷いた。その仕草には疲労の色が浮かんでいる。こちらに向けた言葉のところどころにため息が混ざるほど。

「蒋淑妃の件があったので妃嬪の案内ではなく届け物をお願いしていましたが……どうしてこうなったやら」

「では、明日からわたしはどうしたら？」

「不本意ではありますが、妃嬪の案内をお願いします。なるべく季獣省の外には出ないようお願いいたします」

「はあ……」

「それから些細なことでも報告するように」

些細なこと。仁耀の言葉が指すものがいまいち理解できず、瓔良は首を傾げる。その様子を見るなり、仁耀は再び大きなため息をついて頭を抱えた。

「それでなくても人手不足の季獣省で、瓔良にも大事な戦力として働いていただこうと思っていたのに……胃が痛い」

胃を痛めるような出来事があったのだろう。仁耀はこの後もしばらくぶつぶつと呟き、多くある仕事をどのように分配するかと考えているようだった。

＊＊＊

凰駕と話した後から瓔良は嫌がらせに苛まれなくなった。ほとんどが季獣省の外にいる時に起きていたので、省内にいれば問題は生じない。そういう意味では仁耀の采配に感謝するばかりだが、本人の胃は相当に痛めつけられているだろう。

「では、凍龍国に季の恵みを配られる季獣様に、感謝の祈りをお願いします」

季獣省の外に出る仕事は任せられないとなり、瓔良は届け物ではなく季獣参詣に来た妃嬪の案内を再び担当することになった。蔣淑妃の時のように妃嬪と揉《も》めるのではないかと仁耀や典符は冷や汗をかいているだろう。

瓔良の前にいるのは芮貴妃《ぜいきひ》だ。彼女は現在の後宮で最も位の高い妃嬪である。才人や貴妃などの位階は家格や容姿を重んじて選ばれた娘が賜っているが、皇后だけは凍龍陛下の勅許《ちょっきょ》が必要だ。独り寝を続ける凰駕は誰も選ばず、皇后は空位となっていた。

蔣淑妃ほどの妖艶さはないが、芮貴妃も美しい。見事に結い上げられた髪を金銀細工の櫛《くし》や歩揺で彩り、女性らしくふっくらとした体つきに、うっとりするような瞳。振る舞いは穏やかで慎ましく、しかし気品がある。後宮の最上位の妃と呼ぶにふさわしい人だ。

芮貴妃は自らの位を鼻にかけず、季獣を敬い、宦官を侮蔑しなかった。熱心に、秋虎に祈り続けている。

「いつ、秋が来るのかしらね」

芮貴妃が言った。祈りが終わった合図だと悟り、瓔良は頷く。

「そう遠くないとは思います」

「いつもより遅いから、少し心配になるわ。困る人々も増えるでしょう。毎日ここに来て、祈りを捧げたいわ」

芮貴妃は淑やかな語り口で国を憂う。それが瓔良には嬉しい。後宮や凰駕の寵愛を考えるばかりで国と向き合う妃嬪は少ないゆえ、芮貴妃の思慮深さに瓔良は頭を下げる。

「芮貴妃の祈りが、秋虎様の力となります。ありがとうございます」

「礼なんていらないわ。わたくしも凍龍国に住むひとりだもの。これは当然のこと。わたくしこそ季獣様のために心血を注ぐ季獣省の皆様に礼をするべきだわ。あなたたちのおかげよ、いつもありがとう」

こうして礼を述べられると、偽りの宦官としてここにいるとはいえ、すがすがしい気持ちになる。妃嬪らが皆、芮貴妃のようであればいいのにと願ってしまう。

季獣参詣を終え、芮貴妃と朱大門に戻る。芮貴妃は従えてきた宮女の数人を朱大門で待たせていた。すると、その宮女たちが揃《そろ》って青ざめた顔をしていた。

「皆、どうしたの？　なにかあったのかしら」

異変に気づいた芮貴妃が宮女に問う。宮女は動揺しながらもそれに答えた。

「その……炎充儀《えんじゅうぎ》が眠りから覚めません。『不起病《ふきびょう》』かもしれませぬ」

宮女と芮貴妃のやりとりは、その場にいた璎良の耳にも入ってくる。炎充儀とは、『充儀』の位を賜る妃嬪だ。季獣参詣に来ていたので覚えている。

（後宮でなにかあったのかな……）

宮女たちの表情はもちろん、彼女らの話を聞いた芮貴妃の動揺から、相当のことが起きているようだ。

「怖いわ。宮に戻りたいけれど、わたくし……」

芮貴妃の体は恐怖に震えていた。そして、璎良に向き直る。

「あなた、宮までついてきてくれないかしら」

「わ、わたしですか？」

「ええ。宮女たちだけでは心許ないでしょう。宦官であるあなたも来てくださったら安心できると思うの」

璎良に迷いはなかった。不起病というものはわからないが、ここまで怯《おび》えるほど恐ろしいものだろう。女人だけで動くのは確かに不安がある。それに皆を怖がらせる不起病というものも気になった。

（秋虎様に関係があるかもしれない。もちろん、別の問題かもしれないけど）

そう考え、璎良はしっかりと頷いた。

「わかりました。わたしでよければ、宮までお送りいたします」

しかし、瓔良は季獣省から出るなと告げられている。

（後宮で問題が起きているんだもの、緊急事態よね。怖がっている芮貴妃を放っておけない）

淑やかな芮貴妃では、害する者が現れたとしても抵抗できないだろう。女人とはいえ男装しているので瓔良も力になれるはずだ。

仁耀は見当たらなかったので、届け物から戻ってきた典符に事の次第を告げて、瓔良は芮貴妃らと共に季獣省を出た。

「あなたは季獣省に来たばかりよね。ならば知らないと思うけれど」

季獣省を出たところで、芮貴妃が暗い面持ちで切り出した。

「不起病――一度眠りについた妃嬪が目覚めないという病が流行っているの。今回の炎充儀だけじゃない。もう何人もが不起病に罹っているわ」

「聞いたことのない病ですね。原因は？」

「宮医が何人も診ているけれど、なぜ眠りにつくのかも、どうすれば目覚めるのかもわからない。一度眠ってしまえばおしまい。そう言われているわ」

芮貴妃はこの病を恐れているのだろう。表情がよくない。宮女たちも怯える芮貴妃に寄り添っている。

「わたくしは……怖い」

そう呟いて、芮貴妃が瓔良の腕をきゅっとつかむ。傷や手荒れのない白く滑らかな手は震えていた。

「わたくしは貴妃だから動じてはだめ。わかっているのだけれど」

「大丈夫です。わたしがついていますから」

不安がる芮貴妃を宥《なだ》めていると、慌ただしく駆ける宮女や衛士とすれ違った。衛士のひとりは芮貴妃に気づき、足を止める。

「芮貴妃。炎充儀の話は聞かれましたか」

「不起病だと聞いたけれど」

「ええ、その通りにございます。現在は宮医が診察にあたり、衛士が警戒を行っています。妃嬪の皆様は宮にて待機していただきますよう」

芮貴妃は弱々しく頷く。そして衛士は瓔良を一瞥し、申し訳なさそうに聞いた。

「これは念のためですが、炎充儀が眠りについた時、芮貴妃はどちらに？」

疑念を抱くというよりも、業務として芮貴妃の行動を尋ねているのだろう。芮貴妃は嫌な顔をすることなく、さらりと答えた。

「わたくしは季獣省にいたわ。ほら、季獣省の瓔良も一緒でしょう？」

「はい。季獣参詣にいらしていたので」

後押しするように瓔良も語る。これに衛士はほっと息をついていた。

「なるほど。不起病の解明がされていないため、近くにいた妃嬪の方々は宮医に診てもらう必要がありましたが、芮貴妃には必要なさそうですね。安心いたしました」

話し終えると衛士は別の方向へと駆けていった。彼の行動から察するに、他の妃嬪に声をかけ、炎充儀との接触があったかを確かめているようだ。

瓔良は遠くを見やる。後宮は季獣省以外詳しくないが、騒がしい方角に炎充儀の宮があるのだろう。

ようやく芮貴妃が賜る宮に着いた。芮貴妃が無事に戻ったのを見届けてから、瓔良は来た道を戻る。

（不起病……今のところ秋虎様には関係なさそうな話かな）

そう判断して安心するも、心のうちは晴れない。不安がもやもやと渦巻いている。

（後宮ってのはこんなにもたくさんの問題があるんだな。これは凍龍陛下も大変ね）

目を引く極彩色の殿舎に、色とりどりの花木。行き交う妃嬪や宮女たちの艶やかな装い。豪奢で華美な凍龍国の中心地は、いざ中に入れば暗雲が渦巻く場所である。それもひとつではない。いくつもの問題が生じている。

凰駕はどれほど苦労しているだろうと考え、瓔良は空を見上げた。

この空は、後宮どころか、凍龍国の大陸すべてを包み込んでいる。瓔良の想像以上に広い空だろう。後宮、宮城、国――いくつもの大きなものが凰駕の背に乗っている。秋虎の問題や、後宮で起きた不起病。数多の問題と向き合うのは大変だろう。季獣省で会う時はそのような素振りを見せないが、さまざまな悩みを抱えているに違いない。

（最近のわたしは、凍龍陛下のことばかり考えてるな……）

凰駕が季獣省に来る時、まるで瓔良参詣とでも呼ぶかのように瓔良に必ず会っていく。

瓔良をからかうと反応が面白いと話す凰駕としては、新人宦官を可愛がっているだけかもしれない。

だが瓔良は違う。日が経つごとに凰駕について考えてしまう。彼の目に瓔良は女人として映っていないとわかっていても、ふつふつと込み上げる感情がある。

（もしかすると、わたしは凍龍陛下のことを……）

好きになってしまうかもしれない。けれどその感情を認めれば、季獣省での日々はつらいものになる。

（芮貴妃や余才人。性格に難ありだけど、蒋淑妃だって美しい。そんな妃嬪たちがいても宦官と話してばかりだもの。凍龍陛下はよほど女人が嫌いなんだ。だから好きになっちゃだめ）

思案に耽りながら歩いていたため、瓔良は周辺の様子に気を配っていなかった。ひとりの宮女が忍び足で迫っていたのだと知るのは、事が起きてからだった。

どん、と強く押された。身構えていなかったため体は容易に均衡を欠き、ぐらりと倒れていく。

「えっ――」

驚きの声をあげるも、それは盛大な水音にかき消された。ばしゃりと水音を響かせ、体は水の中に落ちていく。

確かに瓔良の横には池があった。景観をよくするために造られた人工池ではあるが、舟遊びができるよう深めになっている。

まさか池に落ちるなど思ってもいなかった。それも足のつかない深さだとは。咄嗟《とっさ》にもがくも、水分を含んだ袍が重たい。

「っ……助け……」

視界の端に、池のふちに立つ宮女が見えた。瓔良を助ける様子はなく、そこに立ち尽くしている。池に落ちる前に何者かに突き飛ばされた感覚があったが、あの宮女の仕業だろう。宮女の召し物から察するに、蒋淑妃の宮女か。

(とりあえず、池から出ないと)

草をつかもうと手を伸ばした時、宮女がなにかに気づいた。怯えているかのように、宮女の体は硬直している。

そこになにがあるのか確かめる間はなく、馴染みのある声がした。

「璎良！　つかまれ！」

次の瞬間、こちらに凰駕の手がするりと伸びてくる。

璎良はためらわず、彼の手をつかんだ。瘦身長軀から想像もつかぬ力強さで引き上げられていく。

「げほっ、げほ……た、助かった」

「池に落ちるなど、お前はなにをしているんだ。季獣省から出るなと命じたはずだろう」

池から脱した璎良が見上げると、険しい顔をした凰駕と目が合った。璎良を引き上げたというのに凰駕の呼気は乱れず、急いた口調からは動揺と怒りが伝わってくる。

「いろいろあったので芮貴妃を送りに来ただけです。というか、季獣省から出ないように命じたのは仁耀殿ですが……なぜ凍龍陛下が知っているんです？」

「それは……」

凰駕は璎良のひと言を聞くなりぐっと唇を噛んだ。なにか言いたげにしていたが、結局それは大きなため息に変わってしまった。そして、璎良の頭を優しく撫でる。

「とにかく無事でよかった」

凰駕は微笑んでいた。するりとした涼やかな瞳は柔らかに細められ、瓔良だけを見つめている。

（凍龍陛下は……わたしのことを心配していたんだ……）

向けられる眼差しは温かい。彼が心から瓔良を案じ、助けようとしていたのだと伝わってくる。

瓔良を宥めた後、凰駕は振り返る。瓔良を突き飛ばした宮女は、まさか凍龍陛下が駆けてくるとは思わなかったらしく、茫然自失《ぼうぜんじしつ》で立ち尽くしていた。

「そなた、なにをしたのかわかっているな」

瓔良に向けた声音とは異なる威厳ある低い声に、宮女は「ひっ」と怯えて後退る。

「わたくしはなにもしていません。宦官が勝手に転んだだけでしょう」

「だとしても、そなたは助けようとせず、人を呼ぼうともしなかった」

「そ、それは……」

「そなたには後ほど沙汰を下す」

凰駕がこれほど冷たい対応をする場面は初めてだった。ここにいる人物が凍龍陛下であると再認識するほどに威圧を放っている。

瓔良は呆然《ぼうぜん》と見守るだけだったが、ふと凰駕が宮女から視線を剥がした。こちらに向き直るなり軽々と瓔良を抱き上げる。

「と、凍龍陛下！」

視界は一気に高くなった。凰駕の両手は背と膝を支えられ、まるで横抱きにされる赤子のようだ。地から足が離れ、浮いたような心地で不安に駆られる。しかしつかめるところは凰駕の体しかなく、瓔良は慌ててばたばたと手を振った。

「黙っていろ。季獣省まで運ぶ」

「わたしは宦官です！　このようになさらずとも歩けます！」

「ならん。歩けるほど元気だというのなら、私の袍なり首なり、好きなところをつかんでいればいい。季獣省に着くまで降ろさない」

主張したところで凰駕の歩みは止まらない。瓔良を抱き上げているというのに、重さなど感じないかのように平然と季獣省に向けて歩いていく。

（は、恥ずかしい……！）

抱き上げられている。そして凰駕との距離の近さが羞恥心を煽《あお》る。しかし不安定な揺れに耐えられず、瓔良はおずおずと袍の端をつかんだ。首に手を回すなどはできるわけがない。この程度でさえ、恥ずかしさで顔が熱いというのに。

「お前は……自分のことになると疎いのだな」

凰駕が言った。彼の視線は先にあるだろう季獣省の方角に向けたまま。

「秋虎については妃嬪に物申すくせ、自分は池に落とされようが怒らないとはな……」

「ああ、蒋淑妃の件ですか。確かに、嫌がらせはされていましたが」

「なに？　気づいていたのか」

凰駕の眉がぴくりと跳ねる。

「はい。そりゃ気づきますよ。水をかけられたり、枝葉が降ってきたり、蜈蚣が張りついていたり……まさか池に落とされるとは思いませんでしたが」

「ならば、困りごとがあると私に相談すればよかっただろう」

「そこまで困っていなかったので。枝葉や蜈蚣は片付ければいいだけですし、水をかけられても洗って乾かせばいいだけです。階に塗られた油を落とすのは手間がかかったので、それだけは二度とごめんですが」

話を聞くなり、凰駕がぴたりと歩みを止めた。大きく見開かれた瞳が璎良を捉えている。

「蜈蚣？　油？　それは初めて聞いたぞ」

「人に話すほどではないと思ったので」

「些細な問題も話せと言っただろう!?」

「ええ？　これ、そんなに怒られることです!?」

「だいたい、お前が――」

なにかを言いかけた凰駕の唇は、ゆるゆると力を失っていく。彼はなにかに気づいたらしく、一点を見つめていた。その視線は璎良にあるようで、でも璎良ではない。

「凍龍陛下？」

なんだろうかと首を傾げていると、急に凰駕が顔を背け、足早に歩き出した。彼はぼそりと小さな声で告げる。

「……隠しておけ」

「隠す？　え……あ、あああっ⁉」

はっとして璎良は自らの姿を確かめる。

水に濡れた袍は、ぴったりと体に張りついていた。ゆったりとしたいつもの袍は、璎良を裏切るかのように女人らしい体つきを露わにしていた。胸は布を巻いて隠しているといえ、それも池に落とされた騒動のおかげで緩んでいるようだ。

こんな格好になっては女人だと気づかれてしまう。だが、そんな恐怖よりも羞恥心が勝った。水に濡れた格好をして異性に抱きかかえられているなど璎良にとっては初めてである。璎良の顔はみるみると朱に染まっていく。

「み、み、見たんですか⁉」

璎良は慌てて胸元をたぐり寄せる。そのはずみで璎良の体がぐらりと揺れたが、凰駕がしっかりと抱え直したため落ちることはなかった。

「見ていない！　だからしっかりとつかまれ！」

こちらを一瞥もせず、凰駕は慌てたように言う。ちらりと様子を見ると凰駕の頬もわずかに赤いような気がする。しかし矯《た》めつ眇《すが》めつ眺めていれば凰駕にも璦良の表情が知られてしまう。すぐに顔を背け、深くは考えないようにした。

「これは違いますからね。わたしは宦官です！」

「わかっている！」

「わたしは宦官です！」

「暴れるな！　わかったから！」

この問答はしばらく続き、季獣省に着いた時にはふたりとも顔が赤く、息もあがっていた。季獣省に戻ったふたりを出迎えた仁耀が呆れて頭を抱えるほどに。

間章　一途なる男は知っている

夕刻。凍龍国皇帝・冬凰駕は凍龍の祠に向かっていた。本日は既に凍龍のもとに来ていたが、この刻限にもう一度祠に来たのには理由がある。

氷晶が煌めく最奥の間に着くと、凍龍は眠りについていたが、その前で唐草色の袍が揺れていた。季獣省を預かる者だけが許される佩玉を持つ者、範仁耀だ。

「待たせたな」

凰駕が声をかけると仁耀も振り返る。

「今日は驚きましたね。池に突き落とされるとは」

「溺れている瓔良を見た時は生きた心地がしなかった。その後はどうだ？」

「休ませましたよ。あの後も働かせれば、凍龍陛下になにを言われるかわかりませんからね」

凍龍の祠にいるのはふたりだけだ。それを知っている仁耀は、季獣省長官としてではなく、長年の友人としてくだけた口調で話している。

ここに仁耀を呼び出したのは凰駕だった。凍龍の祠は密談にちょうどいい。凍龍も慣れているのか、話し声に反応して瞼を開いても動じることなく再び眠りについた。

「瓔良を季獣省から出すなと言っただろう。なぜ外に出した」

「そう言われましても。瓔良は自分の意思で、芮貴妃を送りに行こうと考えたようですから」

「絶対にだめだ。どんな目にあうかわからんぞ」

瓔良に届け物をさせず、季獣省から出さない。そのように命じたのは実は凰駕だった。

葉や枝まみれの姿を見た時、瓔良が何者かに嫌がらせを受けていると考え、仁耀に瓔良を守るよう依頼し、細かく報告をもらっていた。

「蜈蚣や、階に油が塗ってあったと聞いた。私は聞いていない」

「奇遇ですね。私も初耳です」

「瓔良はお前にも報告していなかったのか」

反応を見るに仁耀は嘘をついていないだろう。となれば瓔良が報告をしていなかったのだ。いや、そもそも瓔良が問題として捉えていなかったのかもしれない。

「しかし蔣淑妃はいかがしましょう。このまま瓔良を閉じ込めておくのも限界がありますよ」

蔣淑妃の件を解決させたいと凰駕も考えている。

嫌がらせされぬよう閉じ込めるのではなく、問題の根元を絶つべきだ。しかし容易に動くのが難しい。蔣淑妃は自分ではなく宮女を使っているため、追及したところで逃れるだろう。その上、秋虎の件など取り急ぎ解決したい問題もある。

「なかなか動けないのが口惜しいな」

「見ている側ももどかしいですよ。さっさと明かしてしまえば楽になれるのに、黙っているこちらもつらいものがあります。まったく荒唐無稽な策ですよ」

凰駕は噛みしめるように「ああ」と呟いた。璦良を季獣省に呼ぶこと、これらは凰駕による策だった。

「無理を通したが、璦良を呼んでよかったと思っている」

「糧は、話に聞く以上の珍しい異能でしたね。秋虎様の状態を鑑みると、無理を通してでも入省させたのは正解かもしれません」

仁耀の頭にはこれまでの日々が浮かんでいるらしく、苦笑をしてぼやいた。

「なにも知らない典符に無理を言って頼み込み、話がまとまれば今度は入省に向けて方々を説得……彼女を宦官として入省させるためにどれほど手を尽くしたことか」

「わかっている。仁耀には特に苦労をかけた」

仁耀だけではない。凰駕もまた、璦良が女人と知るひとりだった。

そもそも、璦良の入省には凰駕もじゅうぶん関わっている。そうでなければ、厳重な警備を敷く後宮に璦良は立ち入れない。宦官に行われる身体検査や家格調査など諸々が行われなかったのは、仁耀と凰駕が裏で動いていたためだ。

「彼女を妃として迎えることができればよかったがな」

「どの妃嬪にも触れず、独り寝を続けていた凍龍陛下が、牧人の娘を選ぶ……そうなれば、後宮は大きく揺れる。凍龍陛下の寵愛争いは、荊瓔良を蹴落とす争いに変わることでしょうね」

それが、瓔良に偽りを纏わせた理由だった。

後宮には凍龍陛下の妃嬪として多くの娘が集められているが、即位してから今日まで凰駕は妃嬪のもとに通うことを拒んでいる。そのため凰駕の愛を得ようとする妃嬪の争いが生じていた。

そんな中で牧人の娘である瓔良を迎え入れれば、妬み嫉みがどのように暴走するかわからない。危険な目にあわせないためにも、妃嬪として迎えることができなかった。

「しかし……瓔良はやはり可愛いな！」

これまでの真剣な空気を壊すかのように、凰駕が言った。

「典符から聞いていたよりもずっと可愛いではないか」

「あー……そうでしたね。幼馴染の話を聞かせろと、何度も典符に頼んでいましたね」

「顔を近づければ、恥じらっていた。あの赤らんだ頬に触れるなという方が難しい。宦官のふりをしようと一生懸命なところもよい。それから『わたしは宦官です！』と主張する瓔良の姿も。すべてが愛らしい」

凰駕は熱弁しているが、仁耀は笑顔を浮かべたまま聞き流している。瓔良が入省した日からよくあることで、すっかり慣れてしまった。凰駕の熱い語りが落ち着いたのを見計らって口を挟む。

『瓔良に会えたら過去を振り切る』。楽しそうでなによりですが、その約束は果たしてくださいね」

瓔良を宦官として季獣省に呼ぶ。この無謀な策と引き換えに凰駕はある約束をしていた。

それは瓔良と再会し、彼女が後宮を去った後は、妃嬪と夜を共にするというもの。

そうなれば後宮の寵愛争いはなくなる。

現在起きている後宮の問題は、凰駕が独り寝を続けることにある。それでもどの妃嬪にも触れたくないと思う理由が、凰駕の胸にあった。

「約束は果たす。だが瓔良がいなくなる時まで、この気持ちは割り切れない。約束を果たすのは、瓔良が後宮を去った時だ」

わがままだと怒られるかもしれない。それでも瓔良への気持ちを捨てられない。

秋虎の問題が発覚した時、凰駕は瓔良の異能なら秋虎を助けられると考えた。瓔良を宮城に呼ぶのは凰駕にとっても望ましいことであった。なぜなら長年思い慕っていた娘だからだ。

だが宮城に呼ぶすべは難しく、結局宦官として呼ぶことになってしまった。

つまりこれは、凍龍陛下が長年の片想いを捨てるための策なのだ。

「仁耀から見たら、私は情けない皇帝だろうな」

「季獣省の長官を任されている身としては『ええ、その通り』と答えるところですね」

事もなげに仁耀は肯定する。しかし、その言葉はまだ続いていた。凰駕に向き直り、彼は穏やかに微笑んでいる。

「長い友人のひとりとしては、あなたの一途すぎる心を応援するばかりです」

この策のために仁耀が奮闘していたのを、凰駕はよく知っている。すべての事情を知らずとも、典符だって巻き込んだ。他にも季獣省のたくさんの者たちがこの策に関わっている。

彼らの思いを汲み、凰駕は「ありがとう」と小さく呟く。

瓔良が後宮を去る時は、この一途なる恋心を終わらせる時。

二章　季獣省の男装宦官と秋虎

「はあ……」

先の一件以来、瓔良は沈んでいた。瓔良が座る長椅《こしかけ》は季獣省中庭の景観を楽しめるように設置されていたが、そんな余裕はない。頭の中は不安が渦巻いている。

不安とは、凰駕に正体を知られてしまったのではないかというもの。濡れた服はじゅうぶんに体つきを示していた。『隠しておけ』と凰駕が言ったのは、それに気づいたからではないのか。

(凍龍陛下は見ていないと言っていたけど、さすがに気づいちゃうよね……)

次に会う時は言及されるかもしれないと、凰駕と顔を合わせるのが怖くなる。この数日は、凰駕の姿を見つけると避けるようにしていた。

(気づかれたら、わたしは季獣省にいられなくなるよね……そうなったら秋虎様はどうなっちゃうだろう)

秋虎の件は未だに解決していない。中途半端なままここを離れて秋虎がどうなるのか心配だ。そして瓔良自身、季獣省の仕事を楽しく思っていた。秋虎や凍龍と触れ合えるのは最高で、このためなら祠掃除や妃嬪の案内だって頑張れるほど。

はあ、と深くため息をついて空を見上げる。夏の風を受けて、さらさらと穏やかな葉擦れの音が聞こえた。季獣省の外れに植えられた高木は、空に向かって心地よく枝葉を伸ばしているように見える。そのすがすがしさが瓔良には羨ましい。

「璎良、ここにいたんだね。捜したよ」

典符の声がして、璎良は空から視線を剥がす。

璎良は典符が来たことに驚いていた。というのも、今日は朝からばたばたと走り回っていたはず。特に典符は仁耀に可愛がられているので、たびたび典符を使いに走らせている。典符は、季獣省で最も忙しい宦官といっても過言ではない。

「仕事があったんじゃないの？　抜けてきて、仁耀殿に怒られない？」

「あ……それは、うん、なんとかなる……なんとかします」

言葉尻は随分と弱かった。仕事を後回しにして璎良を捜していたのだから、よほど大事な話があるのだろう。

璎良の隣に典符も腰掛けたと思いきや、すぐに両手を合わせて頭を下げた。

「本当にごめん！」

流れるような謝罪である。

「季獣省に入ってから今日までゆっくり話ができなかったから、ちゃんと謝りたかったんだ。璎良は特例で呼んだのに、こんなにも雑務を押しつけるなんて知らなくて。それに凍龍陛下だって、初日から会うとは想定外だったよ。仁耀殿に聞いたら、凍龍陛下は毎日璎良をかまいに行くって言うし、それにそれに――」

「わ、わかったから落ち着いて！」

淀《よど》みなくすらすらと語られる謝罪内容は、璎良が止めなければしばらく続いただろう。それほど入省してから今日まで、内容の濃い怒濤《どとう》の日々を過ごしてきたのだ。

典符はようやく顔を上げた。璎良の反応を確かめつつも、どこか申し訳なさそうな表情だ。

「ここ数日、璎良が元気なかったから……きっと疲れが出ているんだろうなって」

「確かに、季獣省は忙しすぎて疲れるけど」

「う……本当にごめん！　こうなるなら仁耀殿に頼まれても璎良を呼びに里帰りなんてしなかったのに！」

このままでは典符が延々と詫び続けてしまうだろう。璎良は短く息を吐き、典符の肩を叩いて宥める。

「大丈夫だよ。わたしなりに季獣省での生活を楽しんでるから」

「ほんと？　でも、最近様子がおかしかったのは？」

「それは……ちょっと、わたしがやらかしてしまいまして……」

璎良は苦笑いをした後、先日起きた出来事を話す。宮女とぶつかり池に落ちたこと、凰駕が現れて助けてくれたが水に濡れた状態であり、正体が知られてしまった可能性まで、すべてを話し終える頃には典符の表情が凍りついていた。

「そ、それは……まずい、ね……」

「だから謝るべきはわたしかもしれない。女人だと気づかれたらわたしの処遇はもちろんだけど、典符や仁耀殿だってお咎めがあるでしょう？」

「凍龍陛下は鋭いからなあ。僕から仁耀殿に相談してみる」

　瓔良と同じく危機感を抱いているのか、典符の顔色はよくない。しかし、腑に落ちたと言わんばかりに何度か頷いていた。

「でも、なるほどなあ。瓔良が池に落ちた日、凍龍陛下が季獣省に来ていたんだよ」

「そうなの？」

「瓔良の居場所を聞かれたから僕が行き先を伝えたんだ。そうしたら青ざめて走って出ていったんだよ。あの時僕が教えなきゃよかったのかな」

「でも凍龍陛下が来てくれたから助かったよ。そうじゃなかったら、池の底に沈んでいたかも」

　もしも凰駕が来なかったら、と想像すれば身震いがする。夏といえ、池の深さは頭に残っている。二度と池に落ちたくないと願うほどだ。

（凍龍陛下が走ってわたしを追いかけに来た……心配させてしまったんだな）

　そうまでして駆けつけてくれたことが嬉しい。凰駕の優しさに触れている気がして、瓔良の表情が柔らかくなる。

「……瓔良は、凍龍陛下が苦手なのかと思っていたよ」

驚いたように典符が言う。

「ほら、瓔良は凍龍陛下のお気に入りだから。いつも絡んでくる凍龍陛下を面倒だと思っていそうだなって。でも、瓔良の様子を見ていたら違うのかもって」

「え？　なんでわかるの？」

「瓔良は顔に出るから。本当に嫌な相手だったら怖い顔をするじゃないか」

「わたし、顔に出やすいのか……」

不器用とはよく言われるが、嫌悪まで顔に出ているとは知らなかった。そこまで見抜くとはさすが幼馴染だ。

「凍龍陛下と話している時間は楽しいよ」

瓔良は改めて凰駕について考え、正直な気持ちを口にする。

季獣省に入ってから今日まで、凰駕とよく顔を合わせてきた。距離が近すぎることに驚かされてばかりだが、季獣省での日々を彩ったのは凰駕の存在も大きい。

「新参の宦官でしかないわたしの話を真剣に聞き、困った時に助けてくれた。距離感がおかしいとか忙しい時も絡んでくるとかはあるけど、頼りになる人だと思っている」

もっと凰駕のことを知りたい。胸のうちにあるほのかな感情は秘めたまま、彼についてを語る。

「だから……もう少し、季獣省にいたい」

でも、凰駕に正体を知られた時が怖い。親しいといえる現在の状況は、璦良が宦官であるがゆえのもの。これが崩れた時、冬凰駕の瞳に璦良はどのように映るのか。

「あれ？　璦良、背中を向けて」

典符の視線は璦良の首に向けられていた。

「あちこち泥がついてるよ。どうしたの？」

「中庭を掃除してた時についたのかな」

「取ってあげる」

申し出てくれた典符に甘え、璦良は背を向けて待つ。典符は手巾を取り出して背についた泥を拭ってくれたようだ。

「首の裏にもついてるよ。どうしたらこんなに汚れるの……季獣省にいる間はいいけど、もう少し淑やかにした方がいいんじゃないかな」

「わ、わかってるよ！」

余計なお世話だ、と憤りながらも、淑やかにした方がよいとの苦言には慣れていた。宮城に発つ前に典符や家族からも言われたものである。しかし、自然豊かな地でのびのびと育ったのだから仕方ない。

そう考えていると、首裏に指が触れた。他人に触れられることの少ない場所のため、人肌程度の熱も敏感に伝わってくる。その指先は数度ほど璦良の肌を撫で、泥を落とし終えたのか去っていく。

「終わった？　泥を落としてくれてありが――」

振り返って典符にお礼の言葉を言いかけたところで、そこにいた人物が視界に入り、瓔良の目は丸くなった。

「と、と、凍龍陛下!?」

長椅には瓔良と典符が並んで座っていたはずだ。しかし典符は立ち上がってそばに立ち、典符がいた場所には凰駕が座っている。その指には泥がついていたので、瓔良の首に触れていたのも彼のようだ。

「凍龍陛下、どうしてここに!?」

「どうしてもなにも季獣省に来ただけだ」

瓔良は慌てて典符に視線を送る。典符はというと申し訳なさそうな顔をして頷いていた。おそらくは瓔良が背を向けている間に凰駕がやってきて、典符に場所を変われと合図したのだろう。

「神出鬼没にもほどがありますよ。典符だと思えば凍龍陛下になるなんて、びっくりしました」

「お前たちが楽しそうに話していたからな、声をかけられなかっただけだ」

「楽しそうに話していた……？　凍龍陛下、わたしたちの話を聞いていたんです？」

凰駕の言葉が引っかかり、問う。

しかし凰駕は気まずそうに視線を泳がし、典符の方を向いていた。

「ところで典符。先ほど仁耀が捜していたぞ。あれは急いでいるように見えたな」

「ひえっ……で、ですが……」

典符としては、瓔良と凰駕のふたりを残してよいものか心配なのだろう。あわあわとためらい慌てる典符の背を押すように凰駕が続けた。

「早く捜した方がよいだろう。仁耀は怒ると怖いぞ」

「そうですね……では、さっそく仁耀殿のところに行ってまいります」

心は決まったらしい。典符は一礼し、駆けていった。

残されたのは瓔良と凰駕のふたりである。

（ここ数日は顔を合わせないようにしていたから……気まずい）

池に落ちた後から、季獣省で凰駕の姿を見つけるたびに瓔良は逃げていた。凍龍の祠に向かう際も、凰駕がいないことを入念に確かめている。徹底していたつもりが、こうして顔を合わせるとは。それも隣に座るという近さで。

ちらりと凰駕の様子を窺う。しかし凰駕は顎に手を添え、瓔良から顔を背けていた。

どうにも不機嫌そうに見える。

（わたしが女人だと知って、怒っているんだ……）

これまでとは違う空気に居心地の悪さを感じる。不機嫌、もしくは拗ねているのか。苛立ったような凰駕にどう話しかけてよいか悩み思案に暮れる。

すると、凰駕がおずおずと切り出した。

「……随分と、典符と仲がよいのだな」

「ええっ？　典符？」

池に落ちた日の話をするものと思っていたが、出てきたのは予想外の名だ。瓔良は素っ頓狂な声音で聞き返してしまった。

「先ほどのことだ。あのように典符に触れさせるなんて、お前は典符が好きなのか？」

凰駕がなにに怒っているのかわからないが、質問には答えなければ。瓔良は素直に述べる。

「好きというか、弟のようなものですね」

「……弟？」

「典符とわたしは同郷で幼馴染です。とはいえ、小さい頃の典符は気が弱くて、他の子にからかわれて泣かされているような子でしたから」

その時を思い出し、瓔良は苦く笑う。

勉学に秀で、書の読み解きを好んだ典符がからかわれるたびに、瓔良はかばっていた。

「ひどい時は山に置き去りにされていたんですよ。わたしが追いかけて、典符を捜しに行きました」

「山に……置き去り……」

「まあ、その頃はわたしも幼かったので、典符を見つけるどころかわたしまで迷子になってしまいましたが。確かその時に、蛇みたいな生き物を見て……」

腕にうっすらと残った傷跡を思う。

その時に蛇に噛まれてできた傷だが、記憶は曖昧だ。覚えているのは父に背負われて帰ったことである。典符も瓔良も、捜しに来た大人たちに助けられた。

ふと気づくと、凰駕がじっとこちらを見つめていた。瓔良は咳払いをして、話を戻す。

「ともかく、典符はわたしにとって弟のようなものです」

「そうか。変な質問をしてすまなかった」

なぜか凰駕の表情は柔らかなものになっていた。詰めた息を吐く姿は、心配事から解き放たれて安堵するかのようだ。

「典符のことをそこまで気にしていたんですか？」

「典符ではなく、お前のことを気にしていた」

「わたし……はっ、まさか池に落ちた日の話ですか⁉」

凰鴐がこちらを見る。しかし、思い当たるものはないと言わんばかりに首を傾げている。

こうなれば自分から切り出し、潔白を証明する他ない。璎良は慌てふためきながらも言い訳を語る。

「あ、あの時に凍龍陛下が見たものは見間違いかと思いますので……わたしはまだ季獣省で仕事をさせていただきたいと……処罰を受ける覚悟はできていますが、許されるなら秋虎様の一件が解決するまで……」

「なんの話だ？　なぜお前が季獣省を出ていく話になっている」

もごもごと言葉尻弱く語る璎良に対し、凰鴐は理解できないといった様子である。

「現在の季獣省に璎良の力は不可欠だ。やめたいというのならともかく、私はお前をやめさせる気はないぞ」

璎良は困惑し、考える。

（まさか、凍龍陛下はわたしが女人だと気づいていない？　袍が体に張りついた程度じゃ、わたしが女人だとわからなかった……？）

確かに後宮の妃嬪と比べれば、璎良の体つきは華やかさに劣る。宦官に扮するにも苦労はそこまでない。しかし、気づかれないのも女人の矜持を持つ身として虚しさがある。

（とりあえずは……よかったと思っておこう）

ほっと胸を撫で下ろす。きっと典符も心配しているだろう。後ほど伝えなければ。

「まさかそのせいで、私を避けていたのか？」

「はい。って、凍龍陛下はお気づきだったんですね」

「私を避けていたからな、お前に嫌われたのかと思って心配した。まあ……杞憂《きゆう》だとわかったから安心したが」

ふて腐れているように見えながらも、その口端は弧を描いている。喜びを隠しきれない彼の表情が面白くて、瓔良はつい笑っていた。

「……楽しそうだな？」

「はい。凍龍陛下の反応が愉快だったもので」

凰駕と言葉を交わせば心の中にあった靄《もや》が払拭され、軽くなったような心地がする。

季獣省にいられるのも嬉しい。

「お前には笑顔が似合うな」

「ありがとうございま……いえ、わたしは宦官ですので、そのように申されても困ります」

「いま、礼を言いかけただろう」

「気のせいです」

失言してしまったが、強硬作戦で押し通す。凰駕も深く追及はせず諦めたようだ。

気が晴れたところで、璎良は大きく伸びをする。見れば、袍にはまだ跳ねた泥がついていた。

「ああ、取りきれていない泥がありましたね。首の裏にもついていましたし、あちこちにまだ残っていそうです」

「典符は弟のようだと話していたが、あのように馴れ馴れしく触らせるのはどうかと思うぞ」

先のやりとりを思い出したのか、凰駕が苦言を呈する。

しかしこの発言はどうにも引っかかる。

「凍龍陛下は、すべての宦官にもそのような注意をするのでしょうか？」

「うん？　いや、これは――」

そもそも、凍龍陛下は距離が近い。典符よりも、顔を寄せたり耳元で囁いたりといった凍龍陛下の所業こそ馴れ馴れしいものだろう。それを棚に上げて注意する理由――結論に至ると、胸の奥がずきんと痛んだ。

（声をかけてくれるのはわたしが宦官だから。やっぱり凍龍陛下を好きになってはだめだ）

曇った胸中は顔に表れる。ほんのわずか曇った璎良の表情を凰駕は見逃さなかった。

「どうした？　なにを考えている？」

問われ、瓔良ははっと目を見開いた。こんな迷いも見抜かれてはならない。瓔良はぐっと拳を握りしめ、心の曇りを払う。

「やはり凍龍陛下は女人が苦手なのだと考えていました！」

「は？」

「凍龍陛下は妃宮に通わず独り寝を続けている。それよりも宦官たちに迫る方が好き……これはやはり、凍龍陛下は女人が苦手ということでは！」

答えが見えたと瓔良は立ち上がる。しかし、視界の端にて凰駕が怪訝な顔をしていた。

「待て。お前はなにを言っている」

「凍龍陛下が独り寝を続けている理由をわたしなりに考えてみました」

「どうしてその結論になる」

凰駕は呆れた様子でため息をついて立ち上がる。そして瓔良の両肩をがっしりとつかんだ。

「妙な誤解をするな。女人が苦手なわけではない。妃嬪を遠ざけているのには別の理由がある」

「それにしては宦官との距離が近い気がします」

「違う。これは璎良だから――」

そこで凰駕の動きはぴたりと止まった。唇をぱくぱくと動かすも声にできず、ためらっている。そして、ゆるゆると凰駕の手から力が抜けた。諦念《ていねん》したかのようにため息をついている。

「はあ……調子が狂う」

「大丈夫ですか？」

「お前が言うな」

「なぜ!?」

ころころと変わる凰駕の表情に翻弄されるばかりだ。凰駕は苦しそうに「言えたら楽なのにな」と小さく呟いた。それは璎良にも聞こえたが、独り言の理由を聞くことはできなかった。

ふと、誰かの話し声が聞こえた。女人の声だ。

凰駕も気づいたようで、顔を上げる。

「隠れるぞ」

「なぜ隠れるんです？」

「いいから来い」

のんびりとした璎良の行動に焦れたのか、凰駕は璎良の腕をぐいと引っ張り、自らの胸元に寄せた。そして草葉の茂みに身を隠す。

（な、なんで隠れるの？　狭くて、後ろに凍龍陛下がいる……！）

背に当たるは、凰駕の厚い胸板。瓔良は、後ろから凰駕に抱きしめられる形となっていた。小柄な体格の瓔良に対し、凰駕は長躯である。彼に覆われているような錯覚だ。

「じっとしていろ」

片腕でぎゅっと抱きしめられ、耳元に吐息がかかる。これらの行動はじゅうぶんに瓔良の羞恥心を煽り、みるみると顔が熱くなっていく。

（こんなに近かったら、女人だと気づかれてしまうのでは!?）

不安かそれとも緊張か、どくどくと心音が急いている。この心音も凰駕に聞こえてしまうのではないか。瓔良はぎゅっと目を伏せ、恥じらいに耐えようとした。

「随分と細いな。ちゃんと食べているのか？」

体に回した腕が細さを確かめるようにぎゅっと締めつける。ゆったりとした袍で隠している体つきに気づかれてしまいそうで、そしてこの至近距離で触れられているのも恥ずかしい。凰駕の問いかけに答える余裕はなかった。

「あ、あの、大人しく隠れますから、こんなふうに近くにいなくとも……」

「耳まで赤い。そんなに照れる必要はないと思うが。ふむ、からかいたくなるな」

「わたしは宦官です！」

「その慌てる様まで、お前は可愛らしいな」

そう囁かれ、璎良を抱きしめる腕の力がより強くなる。

（ひえ……し、心臓に悪い！）

視界がぐるぐると回る。頭に血がのぼりすぎて意識を失ってしまいそうだ。凰駕の力は見た目以上に強く、抜け出すのは難しいだろう。

「……では、これ以上は難しいのね」

混乱する璎良の耳朶に触れるは、女人の声だった。

我に返って目を凝らすと、草葉の隙間から季獣省の中庭が見える。そこにいるのは華やかな装いをした妃嬪と宦官だ。

「凍龍陛下、あれを」

「ふむ。蒋淑妃と……あやつは内侍省の宦官か」

内侍省の主たる職事は後宮の管理。季獣省と同じく宦官で構成されている。妃嬪参詣での妃嬪を決めるのは内侍省の仕事であり、季獣省はそれをもとに妃嬪を迎え、参詣をした記録を内侍省や礼部に持っていく。

しかし、璎良はこの宦官と顔を合わせたことがなかった。

璎良も凰駕も固唾を呑んで注視する。茂みの向こうで、蒋淑妃はふてぶてしい態度を取っていた。

「わざわざ季獣省まで出向いたというのに、よい報告のひとつも聞けないとはね」

「申し訳ございませぬ。しかし、季獣省の中庭でしたら人も少ないので」

「そうでしょうね。こんな鄙《ひな》びた、獣臭い場所だもの。誰も来ないわ」

ふん、と蔣淑妃が鼻を鳴らす。宦官は薄っぺらに微笑んでいた
「これ以上秋虎から力を奪えないというのなら、これからはどうしたらいいのかしら。凍龍ならば秋虎よりも力があるのでしょう？　どうにかできないの？」

「凍龍の祠に入るには凍龍陛下の許可が必要になりまする。我々でさえ、季獣省の宦官ではないので難しゅうございます」

「使えないわね。秋虎から力を奪えず、凍龍にも会えないなんて……わたくしはもっと美しくならないといけないというのに」

これを聞き、瓔良は顔をしかめた。

（秋虎様から力を奪う？　まさかあの紫煙は、力を奪うためのもの？）

思い当たるは、蔣淑妃が祠に来た時に見た紫煙だ。あの紫煙が現れた後、秋虎は苦痛に顔を歪めていた。

紫煙が力を奪うと聞いて、腑に落ちる。やはりあれはよくないものであった。

蔣淑妃は苛立っているようだが、宦官は自信ありげに告げる。

「ですが、よい話を聞いております。蒋淑妃は、先日季獣省に入った荊瓔良をご存じでしょうか」

「荊瓔良……ああ、あの鈍くさくて面倒な宦官ね。わたくしの立場も知らず、後宮のしきたりもわからない愚かな者よ」

「おや。ご存じでしたか。その様子だと、あまり気に入ってはいないようですが」

「そうよ。水をかけたり蜈蚣をつけたり、いろいろとさせてみたけど、まったく響いていない。それどころか池に落としたら、凍龍陛下が駆けつけたというじゃない。凍龍陛下のお気に入りという噂《うわさ》もあるわ、厄介な宦官だこと」

些細な嫌がらせだと見ぬふりをしていたが、こうして蒋淑妃の口から語られるのはよい気分ではない。

（わたしは間違ったことは言ってない。なのに、刃向かったからってこんな幼稚な嫌がらせをするのね）

一度物申しただけでここまで恨まれるとは思ってもいなかった。そして現在も瓔良を疎んじているのだろう蒋淑妃の執念が恐ろしい。

「その荊瓔良ですが、糧と呼ばれる稀少《きしょう》な異能を持っていると噂されています。荊瓔良はその異能を用いて、季獣に力を送るのだとか」

「糧……初めて聞くわね」

「調べましたところ、糧の異能は古来の生贄伝承に由来があるようです。その身に多くの力を宿し、あやかしの供物として最適であると伝えられていたとか。糧の異能を持つ荊瓔良の身にも凄まじい力が眠っているでしょう」

蒋淑妃の眉がぴくりと動いた。瓔良の異能に興味を示し、その口元が下卑た笑みを浮かべる。

「では秋虎と同じように、瓔良にも多くの力があるのね」

「さようでございます。荊瓔良の力を奪う、もしくはあの体を食んでも力を得られるでしょう。試す価値はあるかと存じます」

宦官が語る提案はおぞましく、耳を疑いたくなる。しかしそれを聞いても蒋淑妃は顔色を変えず、むしろ喜ばしそうに頷いていた。

「では、今度は荊瓔良を使うとしましょう。力を奪われて瓔良が苦しみ、わたくしは力を手に入れてより美しくなる。一石二鳥じゃない」

息を潜めようと自らの手に口を当てたまま、瓔良は固まっていた。

瓔良の異能が噂として広まるのは仕方のないことだ。しかし悪用するために噂を広める者がいるとは。

(わたしが……狙われる？　わたしを食べようとしている？)

蒋淑妃は瓔良を狙おうとしている。その理由は蒋淑妃自身が美しくなるためという自分勝手なものだ。美貌のために他人を害しても厭《いと》わない蔣淑妃の言葉に、身震いがする。

（嫌だ。怖い）

知らぬうちに体が震えていた。蔣淑妃の満足げな笑みまでも璎良の瞳は捉えている。

（ただの嫌がらせなら我慢できるけど、こんなの……）

璎良の心は、恐怖に掌握されていた。手がかたかたと震え、うまく止められない。

「璎良」

震える体は、ぎゅっと強く抱きしめられた。

「大丈夫だ。私がお前を守る」

「凍龍陛下……」

「お前を失うなど、絶対にしない。傷ひとつつけさせやしない」

優しく穏やかな凰駕の声は璎良の心に染み込んでいく。この距離の近さをあれほど恥ずかしいと思っていたのに、恥じらいどころか心が凪いでいくようである。凰駕のぬくもりに包まれ、恐怖が少しずつ薄らいでいく。

（どうしよう。すごく嬉しい）

『お前を守る』。その言葉は不思議なぐらいに不安を鎮めた。

（凍龍陛下がいる。そう考えるだけで、こんなに元気が出るんだ）

他の人ではきっと足りなかった。凰駕の口から発せられたからこそ、瓔良の力となっている。背に伝わる熱は頼もしくて、ずっと触れていたくなる。

（わたしは宦官だからだめなのに……こんなの、好きになっちゃうよ）

今すぐに振り返って凰駕の表情を確かめたかった。だが自分の立場や凰駕の女人嫌いを思えば、好意を認めるわけにはいかない。

好意を封じたとしても、凰駕は特別な存在だ。その凰駕が傷ひとつつかないように守ってくれるのならば。

瓔良はぐっと前を向く。

（わたしにできることをしよう。気弱になっちゃだめ。蒋淑妃に負けない！）

ぐっと拳を握りしめた。知らぬうちに体の震えは止まっている。

（わたしは頑張れる。秋虎様を助けるためにも蒋淑妃の悪事を曝《あば》いてみせる）

蒋淑妃と宦官は去っていった。誰もいないのを確かめてから、瓔良と凰駕は茂みから這い出る。

彼らが去った方向を見つめた後、凰駕は困惑したように額を押さえた。

「なるほどな。こういう事態が起きていたのか」

凰駕なりに蒋淑妃らの密談を整理し、答えを出したようだ。強張った顔つきのまま、瓔良に向き直る。

「お前も話を聞いていたと思うが、この件は私が――」

「さっそく蒋淑妃を止めましょう！」

彼の言葉を遮って、瓔良が意気揚揚と告げた。鼻息は荒く、やる気に満ちている。

「先ほどまで怖がっていただろう？」

「え？　あ、確かに怖かったですが……」

「あれほど震えていたというのに、どういう心境の変化だ？」

凰駕に訝しむように問われ、瓔良は自らの拳を見つめて考える。

守ると言われた途端に、恐怖は霧散していた。

凰駕の腕の中にいるのは心地よく、安心感があった。叶《かな》うならば、立場も仕事も忘れて、その場所にいたいと願ってしまうほど。

（でも、それじゃやだめだ）

凰駕の言葉は嬉しい。ひとりぼっちではなく、信頼できる者が支えてくれる安心感が生じてきた。だからこそ傷つくことを恐れずに、この国のために走りたいと思った。

「秋虎様を救えば、この国に秋が来る。この国が危機から免れる。わたしは国のために、そして凍龍陛下のために力を尽くします」

「私としては喜ばしくないな。お前が危ない目にあうのではないか？」

この言葉を凰駕はよく受け止めなかったようだ。眉根を寄せて、厳しい顔をしている。

だが璎良の気持ちは揺らがない。にやりと口元を緩めて答える。

「だって、凍龍陛下が守ってくださるんですよね？　ならばわたしに怖いものはありません」

「だからといって危機に自ら飛び込まれては困る」

「わたし、凍龍陛下を信じていますから」

この言葉を聞き、凰駕の動きが止まる。見開かれた瞳に映るのは、頬を染めつつも胸に秘めたる決意を語る璎良の姿だ。

「凍龍陛下が守ると言ってくださって、嬉しかったんです。ならばその誓いの分まで、わたしはこの国のために尽くします」

凰駕はしばらくの間、璎良を見つめていた。唇を噛み、時には困ったようにため息をつく。そして、ゆるゆると呟いた。

「……お前には敵わないな」

「はい？」

「蒋淑妃らの件はお前を巻き込まずに片付けるつもりだったが……その様子では、お前を止められないのだろうな」

「そうですね。聞いてしまった以上、放ってはおけません」

「お前の覚悟はわかった。だが、くれぐれも無茶はするな。突飛な行動、つまりは相談なくひとりで動かぬように。なにかあれば必ず私に相談を――」

「ということで、囮《おとり》になろうと思うのですが!」

蒋淑妃の悪事を曝くため、なにができるか。瓔良なりに考えていた策がある。しかし、口にするとすかさず凰駕が叫んだ。

「突飛な行動をするなと話したばかりだろう!」

「たったいま凍龍陛下に相談していますから、突飛な行動ではありません。蒋淑妃の悪事を止めるには、これぐらい必要です。どのようにして力を奪っているのか、その現場を取り押さえなければなりません」

「それは……瓔良の言う通りだが」

「蒋淑妃は秋虎様ではなくわたしを狙うと話していました。ならば、わたしが囮となるのが最適です」

蒋淑妃は秋虎から力を奪えず焦っているようであった。すぐにでも瓔良を狙い、襲いかかってくるだろう。

突然襲われるのならば恐怖はあるが、事前にわかっていれば怖くない。それに……。

「大丈夫です。凍龍陛下が守ってくださるって信じていますから」

これを聞いた凰駕はしばし悩んでいるようだった。

蒋淑妃の悪事を曝くには、瓔良が語る通り、その現場を取り押さえるのが最も早い。その囮として瓔良が最適であることも理解している。しかし瓔良を危険にさらしてもよいのか、自問自答しているのだろう。

凰駕が顔を上げた。その顔つきは、宦官をからかう時とは違い、この国の象徴である凍龍陛下の顔だった。

「わかった。瓔良を信じる。必ず守り、お前を傷つけさせない」

＊＊＊

数日後。朱大門に、宮女を引き連れた蒋淑妃が現れた。

今日の季獣参詣は蒋淑妃の予定となっていた。内侍省曰く、他妃嬪は体調が悪く、蒋淑妃が最適だと考えたらしい。

対応するのは瓔良だった。礼をし、蒋淑妃らを迎える。

「珍しいわね。仁耀はいないの？」

「はい。今日の案内はわたしが務めさせていただきます」

「……そう」

以前ならば凍龍陛下が来ているかと聞いた蒋淑妃だが、今回はそのような問いかけをしなかった。

「今日は荷を運んでおりますので、祠が少々狭くなっています。宮女の皆様にはここでお待ちいただき、蔣淑妃のみを案内させていただいてもよろしいでしょうか」

「ええ。かまわないわ。こんな薄汚い場所、さっさと終わらせて帰りましょう」

承諾を得られたところで、瓔良は朱大門の封印を解く。その間、蔣淑妃はなにも語らず、うっすら光る青い光を頼りに、狭い通路を進む。

瓔良に嫌がらせをすることもなかった。

奥に着くと、秋虎が座して待っていた。周囲には大きな荷箱がいくつも運び込まれている。

「本当に荷を運び入れていたのね。狭苦しいわ」

「ご了承ください。秋虎様に元気を取り戻していただくべく、季獣省はさまざまな手を尽くしております」

「ふん……そのうち元気になるでしょう」

「そのために妃嬪の皆様にもご助力をいただきますよう。それでは、凍龍国に季の恵みを配られる季獣様に感謝の祈りをお願いします」

いつも通りの言葉である。

しかし蔣淑妃は膝をつくのはもちろん、手を組むことも目を伏せることもしなかった。秋虎ではなく、瓔良をじっと睨みつけている。

「あなた、稀少な異能を持つそうね」

蒋淑妃の言葉に、瓔良は息を呑む。

「……仰る通りでございます。糧の異能を有しております」

「やはり、そうなのね――では」

臙脂《えんじ》の唇は、にたりと怪しい笑みを浮かべる。蒋淑妃は祈るように手を組み、しかし目は見開き、瓔良を見つめている。

そして、それは起きた。

「こ、これは!?」

蒋淑妃の足元から、みるみると紫煙がのぼる。秋虎のそばで見たものと同じ、不穏を感じさせる紫色の煙だ。

「まさか、蒋淑妃も異能を？　妃嬪は入宮前に異能検査を受けるはずでは……」

「異能を使うわたくしがここにいるのが答え。これは、わたくしの異能『吸』。この紫煙は生物が持つ力を吸い取る」

紫煙は瞬く間に濃度を増し、瓔良の足元で渦巻いている。

(紫煙を確かめたら逃げろと命じられたけど……でも、蒋淑妃の目的が気になる)

逃げるべきか迷いながらも、瓔良はその場に残ると決めた。これだけでは蒋淑妃の異能しか突き止められない。秋虎から力を奪っていたことを、その口から聞き出さなければ。

「この紫煙……あなたが、秋虎様の力を奪っていたのですね。秋虎様が不定期に体調を崩していたのは、秋の恵みを配るべく蓄えられた生気をあなたが奪っていたから」

「あやかしは人間よりも遥かに力を持っていると言うじゃない。あやかしの中でも絶大な力を持つという、凍龍をはじめとする季獣。それほど力があるのなら少しぐらいよいでしょう?」

あっさりと蒋淑妃は力を奪っていたと認めた。相手が季獣と知りながらも力を奪い、この国から秋を奪っていたのだ。やはり理由が知りたい。瓔良は踏みとどまり、さらに問う。

「どうして、秋虎様の力を奪ったのですか」

「たかが宦官だというのに凍龍陛下に気に入られているあなたにはわからないでしょうね」

「凍龍陛下? まさか、凍龍陛下の気を引きたいがために、このようなことを!?」

「わたくしは皇后になりたいの。皇后になればなんだって叶えられる。そのために、凍龍陛下の愛を得たいのよ」

蒋淑妃はぐっと手を握りしめた。彼女の、凰駕に対する並々ならぬ執念が現れているようで、璎良はぞっとした。

「凍龍陛下の目を引くために、わたくしは美しくなるの。美貌を手に入れるために、力を借りているだけよ」

「そんな……自分勝手な理由で凍龍陛下の愛を得ようとしていたなんて」

「しがない宦官のあなたにはわからないでしょうね。わたくしは絶対に皇后になるの。そしてあの女に復讐《ふくしゅう》をするのよ。この後宮に入るために頭を下げたけれど、今度はあの女がわたくしの前に平伏すの」

「女？　それは誰のことです？」

蒋淑妃が語った動機はどれも、蒋淑妃の行動と一致している。彼女は完璧で艶容なる姿をしているが、その裏に異能があったと聞けば納得する。不自然なほど美しく、そして彼女も美に囚われている。

だが、忌々しげに語った『女』とやらは初めて聞く。

（蒋淑妃の裏に、誰かいる？　協力したのはあの宦官だけじゃない？）

軽率に触れたものはひどく深い闇であったのだと、璎良は痛感した。

蒋淑妃の暴走は末端に過ぎず、その先には他の者がいるのかもしれない。なんとかして、その手がかりを得たい。それを聞き出すすべを考えるも時間は足りず、璎良が悩んでいるうちに蒋淑妃が動いた。舌打ちをし、より大きく目を見開いている。

「教える必要はないわ。だって、わたくしはあなたをすべて吸い尽くす。あなたが死んだって大丈夫よ。秋虎が暴れたと報告すればいいだけだもの」

それを聞くなり、瓔良の膝がかくんと落ちた。力が入らず、うまく立ち上がれない。瓔良は震えながら、その場に手をつく。見れば、紫煙は濃くなり、瓔良の足元に絡みつくように渦巻いていた。

力を奪われ始めているのだ。

「くっ……力が」

「じわじわと嬲《なぶ》るのは好きじゃないのよ。一気に終わりにしましょう」

蒋淑妃は大きく息を吸い込む。

次の瞬間、淀んだ紫の煙がぶわりと巻き上がった。彼女の後ろにある祠の壁さえ見えないほど煙の色は濃く、量も桁違いに多い。

紫煙は意志を持っているかのように蒋淑妃の背後で蠢《うごめ》いている。

(あれに呑まれたら、まずい)

逃げなければいけない。警鐘を鳴らす心と裏腹に、体は思う通りに動けなかった。

立ち上がることさえままならない。

「これで、終わりよ。あなたはわたくしの糧となりなさい」

その言葉と共に、紫煙が放たれる。

ぶわ、と髪を揺らすほどの風。淀んだ紫色が一気にこちらに襲いかかる。

迫りくる恐怖に耐えきれず璎良は目をつむった。

「……っ、凍龍陛下！」

助けを求める言葉は、無意識のうちに凰駕の名へと変わっていた。

その言葉が届いたのかはわからないが、強い衝撃が璎良の体を揺らした。弾かれるように吹き飛ばされ、床に倒れ込む。

痛みに顔を歪めるも、不思議と手は動いた。おかしなことに、生気が抜けている感触はない。璎良はおそるおそる瞳を開き、確かめる。

「え……？」

紫煙は、ある。渦巻いている。璎良がいたはずの場所だ。しかし、璎良の体に紫煙は絡みついていない。璎良は先ほどと異なる場所に弾き飛ばされていたのだ。

では、璎良は誰に突き飛ばされたのか。紫煙はゆっくりと薄れ、璎良がいたはずの場所に人影を作り出す。

青みがかった長い黒髪。長身痩躯。璎良を守るために突き飛ばしたのだろう手のひらがこちらに向いている。紫煙が晴れるより先に、璎良は叫んでいた。

「凍龍陛下！」

璎良をかばうように立つその姿に声をかける。凰駕は振り返って璎良の無事を確かめると、にこりと笑みを浮かべた。

「怪我はないか？」

「は、はい。でも凍龍陛下が異能を浴びて……！」

「かまわん。あとは私に任せろ」

そして凰駕は蒋淑妃を睨みつける。蒋淑妃は突然現れた凰駕の姿に驚き、腰を抜かしてその場に座り込んでいた。

「凍龍陛下、どうしてここに」

「お前の悪事を曝くため、木箱の裏に隠れていた。事はすべて聞かせてもらった」

怒気を孕《はら》んだ低い声が響く。

怒っている。凍龍陛下が、この国を統べる者が。

空気が冷えていく。凰駕の黒髪は末端から凍りついていくように水碧色へと移り変わり、瞳が黄金色に輝く。

「この国が尊ぶ季獣から力を奪うなど大悪無道《たいあくむどう》。私はお前を許さん」

凰駕が纏う冷気が辺りを凍らせていく。ぱきぱき、と氷結する音が聞こえたような気がした。

そして、手をかざす凰駕の動きに合わせ、氷晶が散った。

まるで凍龍だ。しかし凍龍に触れ合う時のような温かみはなく、こちらを圧してしまいそうな畏怖の念を感じる。

「ひっ」

凰駕が手をかざした先にいるのは蔣淑妃だ。彼女は悲鳴をあげたが、逃げ場はない。

彼女の周囲は瞬く間に氷結した。冷気が蔣淑妃を包んだと思いきや、彼女の髪は真っ白く成り果てていく。

「ど、どうして、わたくしの髪が」

「奪ったものを返してもらおう」

その言葉が意味するものを蔣淑妃は悟ったのだろう。髪をかきむしりながら叫ぶ。

「嫌！　嫌よ！　返すものですか、これはわたくしの――」

美しさ。

その言葉は紡がれることなく、かすれて消えた。髪はみずみずしさを欠いて白くなり、肌艶も失われている。目は落ちくぼみ、瞼はだらりと力なく垂れた。

蓄えていた力は消え、蔣淑妃が望んだ美貌は消えていく。

「ひ、ひいっ……こ、こんな、わたくしなんて……ああ……」

自身の変化に気づいた蔣淑妃は錯乱し、ついに意識を失った。

床に崩れ落ちたその姿は、傍目に見ては妃嬪とわからぬものである。凍りついたかのように白い。意識はあるらしく肩はかすかに動いているが、目を醒ます気配は感じられなかった。

蒋淑妃が倒れたのを見届けると、凰駕は短く息を吐いた。それと同時に、周囲にあった冷気が薄れていく。黄金色に光っていた瞳はもとに戻り、凰駕の髪もゆるゆると黒色を取り戻しつつあった。

そして、もうひとつの変化があった。蒋淑妃に奪われた力が瓔良に戻っている。瓔良はゆっくりと立ち上がる。

さらに、力を取り戻したのは瓔良だけではなかった。

「瓔良、あれを見ろ」

凰駕の声に誘導され、瓔良は祠の奥に目をやる。眩しいほどの緋色の光が次第に強くなっていく中に、体を起こした秋虎が見えた。

尾に揺らめく緋色の炎は、祠の天井に至りそうなほど勢いを増している。美しい毛並みは秋虎の動きに合わせて揺れ、黄金色の煌めきを辺りに散らしていた。

瞳を大きく見開き、鋭い牙を潜ませた口をかぱりと開く。そして、鳴いた。

秋虎の力強い雄叫びは祠を揺るがす。緋色の炎は黄金色の光の粒になり、弾かれるように祠のあちこちに飛んでいく。壁をすり抜け、遠く遠くへと運ばれていった。

涼やかな風。一抹の寂しさを織り交ぜたような、澄んで乾いた空気。葉の色を鮮やかに変える、秋の恵み。

「秋の恵みが、配られた」

「では秋虎様が力を取り戻したんですね。これで、凍龍国に秋が来る！」

瓔良の言葉を肯定するかのように、秋虎がこちらを向いた。

秋虎は黙したまま、瓔良とその隣に並ぶ凰駕を見つめている。瓔良にはその眼差しに感謝の気持ちが込められているような気がした。

「秋虎様、ありがとうございます」

瓔良はそう告げ、深々と礼をした。

そのうちに秋虎の体は黄金色の光の粒となり、次第に薄れていった。

季獣は季の恵みを配り終えるとしばらく姿を消す。体力が尽きるため、人間は感知できなくなる。次に秋虎がやってくるのは来年の夏だ。

秋は嬉しい。けれど秋虎に会えなくなることに寂しさを感じる。

黄金の光と夏の季を吹き飛ばす涼やかな風は、季獣省から凍龍国全土に届くだろう。人々の祈りと、それに応えた秋虎の思いが、秋となる。

最後の光が消えた。あれほど眩しかった祠は一気に暗くなる。巨体の秋虎がいなくなると、祠はがらんと広くなったように思える。

秋虎が座していた床に触れると、まだ温かい。先ほどまでここに秋虎がいたのが嘘のようになにもなくなっている。

（これで、秋虎様の件が解決した……！）

しかし解決を喜ぶ余裕はなかった。隣に立つ凰駕を見上げると、凰駕もまた瓔良を見つめていた。

「瓔良。お前のおかげで無事に秋を迎えられそうだ。感謝する」

「いいえ、わたしひとりの力ではありません。凍龍陛下が助けてくださったからです。でも、あの力はいったい」

「話は……後、だ」

そう紡いでいた唇が力を欠いたように弱々しくなる。瓔良がはっとするも束の間、凰駕は倒れるように瓔良にもたれかかっていた。

「凍龍陛下!?」

呼気は荒く、立っているのもようやくといった様子だ。瓔良の肩にもたれたまま、苦痛に顔を歪めている。

「じっとしていてください。横になれますか？　仁燿殿を呼びますね」

「いい。それよりも――」

震えた手が、瓔良の頬に添えられる。

瓔良はただ凰駕の体調を案じていたため、影が落ちてもすぐに反応ができなかった。

長い黒髪は、周囲の景色を妨げるように、さらりと揺れる。瓔良の視界いっぱいに凰駕が迫る。そして、触れた。

璎良の唇に、柔らかなものが当たっている。一度触れるとしなやかに形を変え、秘めたる感情を映しているかのように熱い。

（え!?　い、いまのは）

その接触はわずかな間だったが、じゅうぶんに璎良の心をかき乱していた。唇が離れても熱は残り、重ねていた柔らかさが染みついている気がする。

それでもまだ吐息も重なりそうなほどの距離で、凰駕が呟いた。

「お前を……守れて、よかった」

繊細な声音と同時に、がくんと凰駕の体が落ちる。完全に力を失ったのだ。

璎良は慌てて凰駕の体を支えようとしたが、凰駕はもう自ら立てなかった。意識を手放し、呼気は弱い。手足や顔は、血色を欠いて青白くなっていた。

その時、ちょうど祠に仁耀と典符がやってきた。予定よりも時間がかかっていたため、心配して見に来たのだろう。仁耀は倒れた凰駕を見るなり目を丸くしていたが、すぐに典符に向き直る。

「典符、急ぎ宮医を呼んでください」

「はい！」

典符は来た道を引き返し、駆けていく。仁耀は落ち着いた様子で凰駕のもとに寄った。

「……異能を、使いすぎたんでしょう」

「異能？　では、さっきのあれが」

黄金色に輝く瞳、水碧色に変わった髪。あの強靫な力が凰駕の異能によるものだろう。その代償として、凰駕は倒れている。

（凍龍陛下はわたしを守るために異能を使った。倒れているのはわたしのせいだ）

瓔良はぎゅっと凰駕の手を握りしめる。氷のように冷たい。

脳裏に、これまでの日々が蘇る。

季獣省にいたのはわずかな間といえ、最も顔を合わせたのは凰駕だろう。皇帝と宦官という立場の差があるのに、凰駕は気さくに声をかけてくれた。誰よりも気にかけ、何度も瓔良を助けてくれた。

その凰駕が危機に瀕《ひん》している。

（こんな別れは嫌だ。凍龍陛下を失いたくない）

瓔良の胸にある感情の名や理由を、深く思案する間はない。ただ一心に、凰駕だけを思う。

「わたしが異能を使います」

瓔良はそう告げ、凍龍陛下の胸に向けて手をかざす。

だが、手をかざして力を送るのでは遅すぎる。その間にも、命の火は消えてしまうかもしれない。

（あ……そうだ）

そこでふと、思いつく。

口づけをされたあの一瞬は、すぐそばに凰駕を感じた。手をかざすよりももっと近く。唇の柔らかさを通じて、彼の内に溶け込んでしまいそうな錯覚がした。

かざした手を、引っ込める。その様子を見ていた仁耀が驚きに声をあげた。

「瓔良？　異能は――」

「使います。でも」

凰駕の頬に触れる。緊張も恥じらいも感じなかった。ただ、この人を助けたいという願いだけ。

「わたしが、凍龍陛下を助けます」

唇を重ねれば、凰駕の体がどれほどに冷えているのかよくわかる。それでも瓔良は臆さず、祈りを込めた。

（糧の異能を……わたしの力を凍龍陛下に）

目を伏せ、願う。

彼を助けたい。凰駕の声が聞きたい。

重ねた唇から力が送られていく。触れている箇所から溶け合っていくような心地だ。凰駕の唇が熱くなり、熱を失うかのように璎良の体が冷えていく。手をかざすよりも強く、糧の異能が発動している。体から力が抜けていくも、紫煙に力を奪われた時と異なり多幸感があった。

(わたし、凍龍陛下を助けたい……)

意識が朦朧《もうろう》とする。うっすらと目を開ければ、凰駕の肌に血色が戻っていくのが見えた。璎良の異能で力を取り戻したのだ。

(……甘い)

重ねた唇に残るは、頭の奥に焼きつくような甘さ。もう一度味わいたいと欲が生じてむずむずする。この味はどんな菓子を食べても得られないと本能で悟った。

虜になりそうな甘さは、相手が凰駕だからかもしれない。なぜかそう思った。

他の人ならばこのような甘さを感じない。試したことはないくせに、それだけは本能で察している。

がくりと璎良の体が落ちた。凰駕に力を送りすぎたらしく、立ち上がる気力さえ残っていなかった。

視界が白み、まどろみに落ちる直前、璎良は唇に残った感触を思い出していた。

(昔にもあったような気がする。この甘さを昔どこかで……)

場所も時期もわからない。けれど幼い頃にも似たようなことがあった気がする——。
そこで瓔良の意識は落ちた。

間章　一途なる男の美しい思い出

夜。冬凰駕は季獣省の一室にいた。仔細を知らぬ者には凍龍の身を案じて季獣省に籠もると告げている。過去にも例があるため異を唱える者はいなかった。

しかし実際に凰駕の姿は凍龍の祠ではなく、季獣省宦官に与えられた居室にあった。居室の主である瓔良は木造の牀榻《しょうとう》に寝かせられ、眠りについたまま目覚めない。

「宮医は、過度の疲れと話していました。そろそろ凍龍陛下も戻られては？」

牀榻より離れ、隅で控えていた仁耀が言う。沈痛な面持ちで瓔良の手を握りしめている凰駕を案じたのだろう。

事は蔣淑妃の一件である。凰駕は『凍』の異能を使い、蔣淑妃の謀りを止めた。彼女の心を凍らせ、異能を封じたのだ。奪われていた生気は持ち主のもとに戻り、秋虎は秋の恵みを配ったが、異能を使った代償として凰駕は倒れた。

凰駕に対し、瓔良は糧の異能を使った。しかし供給量が多すぎたのだろう。目を醒ました凰駕と入れ替わるように瓔良が眠りについた。

駆けつけた宮医が診たところ、外傷はなく病などの兆候もない。おそらくは疲労により眠りについたとのことだ。

それでも不安が残り、凰駕は瞳を伏せた。

「瓔良が目覚めるまで、私はここにいる」

「いつになるかわかりませんよ」

「かまわん。仁耀こそ戻ればいい。私に付き合わなくてもいいだろう」

仁耀は顔をしかめ、ため息をつく。

「それはできませんよ。瓔良は大事な季獣省の一員。私の部下ですからね。夜遅くに男とふたりきりにさせて、事が起きては困ります」

「なにを言っている。お前が案ずるようなことなどするわけがないだろう」

「わかりませんよ。季獣省は夜這い禁止ですからね」

冷めた物言いだが、仁耀も瓔良を心配しているのだろう。宮医に何度も説明を求め、無事であるかと念を押して確かめているのを凰駕は知っている。彼の軽口は、凰駕の荒んだ心を和ませようとしたのかもしれない。

「しかし、なかなか情熱的な場面でしたね。口づけをするとは予想外でした」

「まあ……そうだな」

「おや？　驚かれないのですね」

瓔良から口づけをした時、凰駕は意識を失っていたため、後になって仁耀から聞いた。なぜ意識を失っていたのかと悔やんだものの、彼女が取った行動に驚きはまったくなかった。

「仁耀には話したことがあるだろう」

「……ああ。なるほど。〝あの時〟から知っていらしたのですね」

凰駕は頷く。

糧の異能を使う時、手をかざすよりも効率よく力を送る方法があると凰駕は知っていた。

「初めて会った時が、そうだったからな」

切なく呟く凰駕の脳裏には、過去の記憶が蘇っていた。それは美しく輝くもの。その後の凰駕が、生きる支えとして大切にした、昔の思い出——。

凍龍国の皇帝は凍龍と共にある。すなわち、凍龍に認められなければ皇帝になれない。

認めてもらうには、凍龍の卵から、生涯の相棒となる凍龍を育て上げるのである。

あやかしの中でも凍龍は絶大な力を持つが、年月を経ると力が枯渇していく。そのため、卵を産み、次の凍龍に継承していくのだ。他のあやかしに比べ特殊な環境だが、それがゆえに凍龍は人間を好んだのだろう。人間もまた継承していく生き物だからである。

凰駕の父にあたる先代の皇帝も同様に凍龍を育て上げ、そして皇子らに卵を託した。

そのひとりが冬凰駕だった。

凍龍の卵を孵化《ふか》させ、一人前になるまで育て上げるのは至難の業である。凰駕も随分と苦労した。皇位を諦め、宮城を去る兄弟を見送ったこともある。

そして、十年前。凍龍の幼生を育てていた幼き日だ。

『どうしよう。僕の凍龍が死んじゃう』

凰駕は宮城から離れ、聖地と呼ばれる『龍宝山《りゅうほうざん》』にいた。手にのせるは幼生の凍龍だ。水碧色の体は薄くなり、汗をかいている。冷気を好む凍龍にとってこの状態は危険だ。

龍宝山はかつてあやかしが好んだ山だという。この山に満ちる生気はあやかしにとってのご馳走《ちそう》だ。ここでなら凰駕の凍龍も回復するのではないかと思われた。

だが、うまくはいかなかった。

伴を従えて山道を駆けていたものの、石につまずいて転んでしまったのだ。

『い、いたた……』

些細な出来事だが、凰駕にとってはよくなかった。この一瞬で気は緩み、身のうちに秘めたる凍の異能が、転んだはずみに放たれる。

『あ……まずい』

一瞬にして辺りに冷気が満ちた。

凍龍を育てる者には凍の異能が与えられる。異能は先天的に得るものが多いが、この異能は例外だった。凍龍の卵を孵化させると同時に異能を手に入れる。

異能を持たぬ身であった者が突然異能を与えられるのは、想像を絶する苦痛との戦いだ。

凍の異能は凍龍の力。つまりは絶大な力を秘めているのである。強大な力を制御する術を身につけなければならない。

異能を制御しようと心がけていた凰駕にとって、この転倒は大きな失態だった。心が揺らぎ、抑えていた異能が暴走する。

『だ、だめだ！』

そう叫ぶも遅く、凍の異能は周囲を凍らせ始めていた。暴走に気づいた従者は逃げ出し、転倒したはずみで凍龍も手から離してしまった。幼生の凍龍は、凰駕から逃げるように山の中に入り込んでいく。

凰駕がなんとか異能を抑えた時には、周囲に誰もいなくなっていた。

『捜さなきゃ……凍龍！　おーい！』

幼い身は凍龍を捜して、再び山を行く。

そうしてしばらく歩いたところで、凰駕の耳に人の声が入った。

『元気になったんだね。よかった』

女の声だ。それも幼い。

導かれるようにして凰駕は声がした方に向かう。茂みから顔を出して様子を窺うと、少女が凍龍を手のひらにのせていた。その腕には噛み跡らしきものと血がある。

（あれ？　凍龍が元気になっている）

不思議なことに、弱っていたはずの凍龍はすっかりと元気を取り戻している。少女の手のひらで嬉しそうに身をよじらせ、きらきらとした氷晶を宙に放っていた。

『光の中にいるみたい。どんな氷よりも、きれいだね』

ゆっくりと降り注ぐ氷の粒。光を反射し、そこだけが輝く場所のように見える。

その中心にいる少女は凍龍を愛で、氷晶の美しさに感嘆の息を吐いていた。

（凍龍が懐いている……それに、あの子……）

なんて、愛らしいのだろう。これほど可愛らしい子に出会うのは初めてだ。

一瞬にして、凰駕は心を奪われていた。

しかし、長くは続かなかった。少女の体がぐらりと傾き、まばたきをひとつしているうちに彼女の体は地に伏していた。

凰駕は慌てて茂みから出て、少女のそばに駆け寄る。凍龍も心配そうに少女を見つめていた。

『ねえ、大丈夫？　起き上がれる？』

『ううん……力を使いすぎたかも。甘いものが食べたい……そうしたら元気になれるから』

『力？　それはなんのこと』

『糧の異能だよ。生き物に力を与えるの』

凰駕は怪訝な顔をした。異能については学んできたつもりだが、糧の異能というのは初めて聞く。どのようなものか、想像がつかない。

少女の動きは弱々しい。目はとろんとし、瞼が重たそうだ。

『力を与えるって、どういう意味だ』

『さっきはね、蛇さんがいたから、こうしたの』

少女が急に身を起こした。すかさず凰駕の腕をつかむと、かぷ、と噛みついた。

『な、な、なにをする!?』

慌てる凰駕と異なり、少女はぼんやりとしたまま凰駕の腕を甘噛みしている。痛みはないが、柔らかく食まれているので恥ずかしい。

『甘い』

『こら！　離せ！』

凰駕は腕を振り払い、無理やりに少女を引き剥がす。

しかし少女は夢うつつといった様子のままだった。

『甘かったのに……』

『甘い？　僕は食べ物じゃないぞ』

『でも、甘かった』

『僕の腕を噛むなんて、お前はなんなんだ』

『瓔良』

『違う。名前じゃなくて――でも』

言葉を句切り、凍龍の様子を確かめる。

凍龍はすっかり気力を取り戻していた。少女――瓔良は、糧の異能は生き物に力を与えると話していた。凍龍に力を与えたのは彼女だろう。

（腕に噛み跡があったのは、凍龍に噛ませたため？　となれば、凍龍が元気になったのは瓔良のおかげだ）

そう判断し、凰駕はぼそりと告げる。

『凍龍を助けてくれてありがとう』

言い終える頃には、瓔良は寝息を立てていた。凰駕の腕を食もうとしたまま眠りについたため、こちらにもたれかかっている。

瓔良をここに放っておくわけにはいかず、凰駕は瓔良を背負い、山を下りていく。

（僕を噛むなんて、不思議な子だ）

皇子である凰駕に対し、そのような振る舞いをする者はいなかった。他人に腕を甘噛みされたなど初めてだ。そして、彼女がいなければ凍龍は弱ったまま死していたかもしれない。

不思議な異能を持つ、不思議な娘。

凍龍の氷晶を見上げていた、美しい姿。凍龍を愛でる時の柔らかな微笑み。すべてが凰駕の記憶に刻み込まれ、それを思い返すと顔が熱くなる。

その後、瓔良を捜しに山に入った大人たちと合流した。凰駕は瓔良の父に会い、彼女を託した。糧の異能や甘いものを食べて活力を取り戻すことも、その時に瓔良の父から聞いた。

（凍龍を助けてくれた瓔良に……また会いたい）

年月を経ても胸に残る、美しい思い出。

どれほどつらいことがあっても、この思い出をよすがにして乗り越えてきた。

恋心となって、凰駕の身に刻まれている。

三章　季獣省の男装宦官と春龍

此度《こたび》の件で蒋淑妃は捕らえられた。異能を失ったため、二度と悪事は働けぬだろう。季獣を害することは大罪だ。蒋淑妃は然るべき裁きを受ける。

高く澄んだ空に、千切ったように細く伸びる絹雲。涼やかな風を浴びながら、璎良は中庭の掃き掃除に勤しんでいた。

秋虎が去って数日が経つ。極度の疲労から倒れた璎良は目を醒ましてもしばらく安静にするよう命じられていた。そのため、今日が久しぶりの勤務である。

(目が醒めた後は、大変だったな)

思い返し、璎良は箒片手に苦笑する。

目を醒ますと、なぜか居室に凰駕がいた。たかが宦官の居室にこの国の皇帝がいるのだから、眠気も吹き飛び、璎良は我が目を疑った。

(まさか凍龍陛下がいたなんて思わなかった。でも、凍龍陛下が無事でよかった)

凰駕を助けた。それがなによりも嬉しい。しかし、いざ凰駕に会うとなると、どうしても気まずさを感じてしまう。

それもこれも、あの口づけのせいだ。

(どうして口づけなんて……)

凰駕に口づけをされた時は驚いた。思い返すと恥ずかしさが込み上げ、掃き掃除も妙に力が入ってしまう。

（凍龍陛下が危ない状態になっていたし、咄嗟だったたし……とはいえ、恥ずかしすぎる！）

目を醒ました時はぼんやりとしていたので意識していなかった。時間が経てば経つほどその時の行動が蘇ってくる。次に凰駕と顔を合わせるのが恥ずかしく、緊張する。

だが、あの時に凰駕から口づけをされなければ、瓔良は凰駕を助けられなかった。唇を重ねたがゆえに、糧の異能にて力を強く送るすべに気づけたのだ。

（でも……もし凍龍陛下でなかったら、ためらっていた。凍龍陛下だから、唇を重ねてもいいと思った）

掃き掃除をすっかり忘れ、瓔良はその場に立ち尽くして考える。瞳を閉じ、しばらく思考に耽る。

凰駕のことを考えると心音が急く。また会いたいと思う。からかわれたとしても共にいる時間が楽しい。

凰駕でなければ、唇を重ねるなんて嫌だ。

好きかもしれない。違う、好きだ。

だが、この結論を頭から追い払うべく、かぶりを振った。

（でも、凍龍陛下は女人が苦手だから。好きになっても、女人だと知られても、この関係が壊れてしまう）

凰駕に恋をしている。そう認めてしまえば、この状況がつらくなる。

相手はこの国の皇帝。後宮にたくさんの妃嬪がいる。それに比べ、瓔良はしがない牧人の娘だ。妃嬪として入宮できる家柄の娘ではない。女人を隠して宦官にならなければここにいられなかったのだから。

(絶対に叶わない。恋なんてしちゃだめ。わたしは宦官。わたしは宦官……)

自己暗示と言うべきか、心の中で何度も繰り返す。そうすれば胸の内に生じた淡い恋心を封じられるような気がした。

「瓔良、ここにいたのか」

声をかけられ、瓔良は振り返る。そこには数日ぶりに会う凰駕がいた。

目を合わせるなり瓔良ははっとする。つい、彼の唇を見てしまった。あの柔らかさや熱が蘇りそうで、瓔良は頬を赤らめながら目を逸らす。

「と、凍龍陛下……こ、こんにちは……」

挨拶をしようとするも、声は震え、うまくしゃべれない。

きっと凰駕は瓔良に会うため中庭に来たのだろう。声をかけてくれたことは嬉しいものの、恋心を封じると決めたばかりのため、顔を合わせるのが怖かった。

「どうした? 顔が赤いが、具合が悪いのか?」

「だだだ大丈夫です。わたしは宦官ですから!」

強がって叫ぶ瓔良に、凰駕は苦笑する。

「……よくわからんが、元気ならばよい。しかし病み上がりだからな。無理はさせぬよう、私から仁耀にも言っておく」

凰駕の優しさが、身に沁《し》みる。

（でもわたしは宦官だから、優しくしてもらえるだけ）

過度な期待をしてはいけない。頭を冷やすべく、瓔良は心の中で唱える。

そうして黙り込んだ瓔良が気になったのだろう。凰駕はその場に屈み、瓔良の顔を覗き込む。

「本当に大丈夫なのか？」

急に顔を近づけられ、瓔良ははっと息を呑む。

凰駕は流れるような動作で瓔良の髪をかき上げて額を露わにすると、自らの額を押し当てた。

「っ――！」

「熱は……ないようだが」

瓔良の様子がおかしいと考え、熱があるかもしれないと考えたのだろう。しかし逆効果だ。

（と、凍龍陛下の顔が近いっ）

整った美しい顔。鼻先が触れそうなほど近くで、澄んだ瞳が瓔良を見つめている。

心音は一気に逸り、瓔良はみるみると顔を赤くした。

「だ、大丈夫、ですから！」

これ以上近くにいれば、恥ずかしさで溶けてしまいそうだ。込み上げる羞恥心から逃れるように告げる。

凰駕は怪訝な顔をしていたが、顔を赤くする瓔良に気づいたのだろう。はっと目を見開き、距離を取った。

「わ、悪かった。突然このように触れれば驚くな」

そして凰駕は顔を背けた。その頬は赤く染まっていたような気がしたが、瓔良も時同じくして顔が熱く、凰駕の方をじっと見る余裕はなかった。俯き、この距離の近さについて悶々《もんもん》と考える。

（口づけした時も、あれぐらい顔を近づけていたような気がする）

体温と呼応するように拍動も急き、落ち着かない。凰駕の唇に触れた時の感触を易々と思い出してしまう。

そんな瓔良に、凰駕が声をかけた。

「と、とにかく。話があってお前を捜していた」

声はやや上擦っていたようで、凰駕も落ち着かない様子だったのかもしれない。当の瓔良は気づいていないのだが。

「なんでしょう？」

「秋虎の一件は、瓔良のおかげで解決できた。改めてそのお礼を伝えたかった」

凰駕はまっすぐに瓔良を見つめ、続ける。そこにあるのは爽やかな微笑みだ。

「ありがとう。尽力してくれたがゆえに、この国に秋を招くことができた」

「いえ、わたしは――」

言いかけて、気づく。

（秋虎様の件を解決するため宦官になった。では、解決した後のわたしは……）

郷里に帰る。季獣省を去るだろう。そう考えた瞬間、胸が痛んだ。

しかしそれを凰駕に告げられない。彼は瓔良の正体を知らないのだから。

「まもなく仁耀が瓔良と話すと言っていた。此度のことを労うのだろう。だからその前にどうしても、お前と話したかった」

凰駕はひとつ咳払いをする。真剣な声音を感じ、瓔良も凰駕を見つめ返す。ふたりの視線が交差する。

秋に移りゆく風が吹き、季獣省の中庭は厳かな空気が満ちている。ゆっくりと、凰駕の唇が言葉を紡いだ。

「私は謝らなければならない。これまで瓔良に告げられず、隠していたことがあった」

「隠していたこと……」

瓔良は息を呑んだ。隠しごとならば瓔良にもある。それを語らず、凰駕の話を聞いてもよいものか気まずさが生じていた。

「驚かないのだな？」

「隠しごとなど、誰にでもありましょう。わたしにだって……ありますから」

「だとしても、これは私から告げたい」

申し訳なさそうに、凰駕が苦笑する。けれど、瓔良に向ける眼差しは温かく柔らかい。

そして凰駕が告げた。瓔良も息を呑んで、その言葉を待つ。

「私はお前の――」

言いかけた時である。誰かが駆けてくるばたばたと忙しない足音によって、凰駕の言葉は遮られた。

振り返ると同時に、その人物は中庭に現れた。仁耀だ。血相を変えて、叫ぶ。

「大変です！」

そのひと言を聞くなり凰駕は頭を抱え、深くため息をついた。

「……なんだ。騒がしい」

「春龍《しゅんりゅう》様が顕現《けんげん》されました」

凰駕の表情が一変した。

これほどふたりが慌てる理由を瓔良は知らない。しかし、ふたりの険しい顔つきから大変な事態が起きていると伝わってくる。

「時期が早すぎる。秋虎を見送ったばかりだろう」

「仰る通りです。凍龍様が支配する冬の中頃や終わり頃に現れるのが慣例でした。ですが突然祠に顕現されたのです。そして様子も、少々気が立っているように見えます」

春龍とは、春の恵みを配る季獣だ。季節を司るあやかしの中でも、凍龍に次ぐ力を持つという。

本来の凍龍国は冬の国。凍龍が支配する冬を終わらせるのは春龍のみだ。

「夏が長すぎたために春龍が怒ったのか……いや、だとしても早すぎる。秋になったばかりだろう」

「顕現された以上、冬の終わりまで春龍様に滞在していただくのがよいかと思います。現在の様子では骨が折れるかもしれませんが」

「まずは私が行こう――。瓔良も」

名を呼ばれ、瓔良はぴしりと背を伸ばす。

「お前の力を借りるかもしれない。共に、祠まで来てほしい」

「……はい！」

季獣省を去るかもしれないなどの考えは霧散していた。いまは、一刻も早く祠に向かいたい。その一心で瓔良も祠に向かう。

朱大門を抜けた通路は変わらず水碧色の淡い光を放っていたが、奥から薄桃色の光が溢れている。近づけば近づくほど、ほんのりと温かく馥郁《ふくいく》たる香りがする。みずみずしく爽やかな花の香りだ。

薄桃色の光に飛び込むかのように最奥、前まで秋虎が座していた場所には、紅色の龍鱗を煌めかせる龍がいた。凍龍と同じように体は蛇のように長く、透き通った紅色の龍鱗で覆われている。凍龍の姿には氷を連想したが、これは紅玉だ。祠のぼんやりとした光を反射して煌めいている。

これが、凍龍国の冬を終わらせる季獣、春龍だ。

春龍は龍身を宙に浮かせ、真紅の瞳でぎろりとこちらを見つめていた。

「春龍よ」

凰駕が前に歩み出て、春龍の前に膝をつく。

「我が凍龍国に顕現なさったこと、深く感謝する」

おそらくこの文言は、季獣が顕現するたびに繰り返されてきたものだろう。その振る舞いには凍龍国を背負う者の威厳を感じる。

(春龍様は……苛立っている?)

瓔良はそう感じた。春龍の呼気は荒く、ぴんと張った龍髭を見るに苛立ちや警戒といった感情が伝わってくる。

「……春龍様」

おずおずと瓔良も歩み出て凰駕の隣に並び、春龍の様子を窺う。

「わたしの異能は糧にございます。僭越《せんえつ》ながら、春龍様に力を送らせていただきます」

春龍は瓔良をじっと見つめているものの、拒否するような素振りは見られない。瓔良は立ち上がり、手をかざす。

（春龍様がどうして早く顕現されたのかはわからないけれど）

ふつふつと手のひらが温かくなる。その熱を感じながら瓔良は心の中で春龍に語りかけた。

（わたしは春龍様の力になりたい。なにかに苛立っているのなら、その理由が知りたい）

瓔良の手は次第に冷えていく。力を送り終えたのだろう。瓔良の体にも疲労感が生じている。

そして、かざした手のひらを下げようとした時だった。

『この者は、なかなかに面白い異能を持っているな』

「え？」

女人のような声がして、瓔良は咄嗟に振り返る。祠にいるのは凰駕と仁耀だが、聞こえたものはふたりの声ではなかった。

きょろきょろと辺りを見渡す瓔良に凰駕が首を傾げる。

「なにかあったのか？」

「女人の声が聞こえた気が──」

『興味深いのう。おぬしは我が声を聞き取ったか』

もう一度、声が聞こえた。まさかと思いながら瓔良は春龍を見上げる。

「春龍様……ですか？」

『そうじゃ。我は春龍。春の季獣にして、凍龍の冬を終わらせるものじゃ』

おそるおそる問えば、正解だと告げるように春龍の龍身が宙でぐるりと一周する。

これに応じて、薄桃色の龍鱗がきらきらと舞った。まるで花びらのようだ。

呆然としている瓔良が気になったのだろう。凰駕が瓔良の顔を覗き込む。

「瓔良、どうした？　なにかあったのか？」

「凍龍陛下には聞こえませんか？」

「なんの話だ。私にはなにも聞こえないが」

凰駕と仁耀には春龍の声が聞こえていないらしい。春龍の反応からしても、これは瓔良にのみ聞こえるものだろう。

『おぬしの名は瓔良というのか。動じるでない。我の声が聞こえるのは、おぬしだけじゃろう』

「わたしだけ……ですか？」

『先ほど、我に力を送っただろう？　あれによって我とおぬしの間に縁が生じた。我は、夏雀《かじゃく》や秋虎と違い、凍龍と対をなすあやかし。凍龍ほどの力を持っているがゆえ、縁で結びついた者には声が届くのだろう』

瓔良と春龍が言葉を交わしている。春龍の声は聞こえなくとも、慌てた瓔良の様子から凰駕と仁耀は状況を把握したらしい。険しい顔つきで瓔良を見守っている。

『それで、瓔良よ。おぬしは我が苛立っていると解釈したようだな』

「そのように感じましたが……」

『まあ、近いものだ』

春龍はゆっくりと地面に身を降ろす。長い龍身は渦を巻くようにし、その場に座す。

『あの凍龍が人間と共にある道を選び、作り上げた凍龍国。宮城とは凍龍の名代による箱庭だ。しかし、異能を独善的に使おうとする不届きな者が増えた』

「独善的に使う者……先の秋虎様での一件でしょうか」

『その件はしかと存じている。だがこれに飽き足らず、この宮城には悪意が蠢いている。場合によっては凍龍とこの国を見限らねばならん。それを見定めたいがゆえ、我場合によっては見限る。その言葉が意味するものを想像し、瓔良は言葉を失った。凍りついたように動けない瓔良に、くっくっと春龍の笑い声が届く。

『そう恐れるな。我もこの不穏なるものの正体を確かめるために来ているだけじゃ。しばしここの世話になるぞ。おぬしはこの数年で珍しく我の声を聞く者だからな。手伝ってもらうこともあるかもしれぬ』

悪意が蠢いている。異能を独善的に使おうとする不届きな者。それらの言葉は棘《とげ》を持ち、瓔良の心に深く刺さる。背筋がぞわりと粟立《あわだ》った。

『おぬしは妬み嫉みを受けやすい身だ。用心するよう、気に留めておくがいい』

「……わかりました。気をつけます」

妬まれるような覚えはない。とはいえ、春龍が語るのだからそうなのだろう。瓔良は深々と礼をした。

話の区切りを感じ取ったらしい凰駕がこちらに歩み寄る。瓔良も振り返り、告げた。

「春龍様とお話できました。糧の異能を使ったことで声が聞こえるようになったようです」

「ふむ。前例にないが……」

凰駕が春龍を見上げる。それに応えるかのように春龍が言った。

『凍龍の名代であるあやつに、我が声など聞かせてやるものか。ふん、凍龍と仲良くしていればいい』

怒っているというよりも、拗ねているような声音だ。

『こやつがさっさと妃嬪を選び、孫繁栄に励めばよかっただろうに。それがゆえに、後宮の娘たちが競い合っているのだろう？　一途というのも考えものだ』

「一途……？」

『独り言だ、案ずるな』

気にはなるが、突き放すような物言いに問いかけはできず、璎良は疑問を飲み込む。

「それで、璎良。春龍はなぜ顕現したと言っている？」

凰駕に問われて、璎良は答える。春龍がここに来た理由などを伝えると凰駕は顔をしかめ、考え込んでしまった。

「春龍は『異能を独善的に使おうとする不届きな者』と言ったのだな？」

「はい。その通りです」

「……蒋淑妃の一件もそうだったが、どうにもおかしい」

同じ疑問を抱いているらしい仁耀も、これに頷く。

「宮城に関わる者はすべて異能検査を受けます。特に妃嬪として迎えられる娘たちは凍龍陛下と接触する可能性がある。人に害をなす異能を持つ者はまず入れません」

「でも蔣淑妃は異能を使っていましたよ」

「それが、おかしいのですよ。あの後私たちで調べましたが、蔣淑妃は異能を持っていないと判断されていました。検査を担当する者は五名いますが、どれも信頼の厚い者たち。彼らの目をかいくぐり異能なしと判断されるのは難しく、五人も欺くのは容易ではありません」

異能を持たないはずだった蔣淑妃が、異能を使った。その現場には凰駕や瓔良も立ち合っている。本人も吸の異能だと認めていた。

(異能を隠さないと入宮できない……五人も欺くような秘匿方法ってなんだろう)

気になり、瓔良は春龍を見上げる。

『そう期待するな。我とてすべての出来事を傍観しているわけではない』

「す、すみません」

『後宮で異能が使われていることは感じている。異能を持つ娘は間違いなくいるだろう。まあ、それを確かめるために顕現してきたのだがな』

つまりは、春龍も全容を把握はしていない。これから後宮内を探る必要があるのだ。

(春龍様が気にかけるほど大きな問題が後宮にある。春龍様がこの国を見限る判断を下したら、どうなってしまうかわからない。わたしも、できる限り頑張らないと)

瓔良はぐっと拳に力を込める。

（それに……もう少しだけ凍龍陛下のそばにいたい）

この件を案ずるだけでなく、瓔良が秘めたる想いは季獣省から離れたくないと叫んでいる。恋心は許されなくとも、凰駕の力になりたい。

春龍の話を受けて、妃嬪が受けた異能検査の記録の再確認が決まった。内々で進めるため、季獣省の者たちで行う予定だ。

これを命じるなり、凰駕は足早に去っていった。

仁耀と瓔良も季獣省に戻る。

「季獣省としては、冬の中頃までは唯一の心安まる期間でしたが……この状況では仕方がありませんね」

はあ、とため息をつきながらも、仁耀は手早く人員配置を進めていく。

春龍が春の恵みを与えるまでは長い。それまでの間、季獣省の宦官らは春龍の様子に気を配り、妃嬪参詣の案内などもこなすのだ。

「典符と瓔良は、こちらに来てください」

季獣省の宦官らに仕事を振り分けた後、仁耀は典符と瓔良を呼んだ。別室にて三人顔を合わせ、仁耀が切り出す。

「まず典符には、後宮にいる妃嬪の異能検査記録の再確認をお願いしたい。これは内密に進めてくださいね」

「な、内密に……ですか？」

「はい。私も行いますが、手が空かない時もありますからね。典符に協力していただきたいのです」

はじめは驚いていた典符だったが、仁耀の言葉から察したらしい。顔つきは真剣なものに変わり、しっかりと頷く。

「なるほど。蒋淑妃の件があったからですね。異能を持たないはずだった蒋淑妃が異能を使ったから」

「さすが次代の季獣省を担う汪典符です。理解が早くて助かりますよ」

仁耀はにっこりと笑みを浮かべ、典符を讃《たた》えた。

季獣省宦官でも特に典符は若いが、仁耀は典符をよく可愛がっている。今回の件は他言しないと信頼できる者に協力を仰ぎたいと考え、それが典符だったのだろう。ふたりのやりとりを眺めていると、瓔良の表情が緩む。

（典符、頑張ってるな。仁耀殿はやたら仕事を押しつけてくる鬼みたいな人だけど、典符の働きを認めているんだね）

幼馴染がゆえに、認められているのを見るとこちらまで嬉しくなる。

すると、仁耀がこちらを向いた。

「瓔良。あなたにも話があります。春龍様の顕現によって事態は変わりました。できるなら、春龍様の声が聞こえるあなたに、もう少しだけここにいていただきたいのですが――」

「もちろんです！」

申し訳なさそうに提案する仁耀に対し、璎良は力強く答えた。

「そのつもりでした。だから、わたしにできることをします。任せてください」

仁耀に頼まれる前から、璎良は覚悟を決めていた。春龍だけでなく、この国のために、悪事を働く者を曝きたい。

この返答に、仁耀は目を瞬かせていた。

「意外ですね。早く故郷に帰りたいのかと思っていましたが」

「そう、でしょうか？」

「春龍様の顕現がなければ、今日あなたを呼んで話をし、季獣省宦官としての役目を解くつもりでいました。秋虎様の件を解決するまでという約束でしたから」

仁耀の言う通り、璎良が季獣省宦官となったのは、その期限があったからだ。しかし春龍の顕現によって状況は変わった。

「わたしは、許される限りここにいて、凍龍陛下の力になりたいです」

これは、嘘偽りのない璎良の本心だ。

仁耀はしばし目を瞬かせていたが、やがてふっと表情が緩んだ。

「……凍龍陛下が初恋を捨てられないわけだ」

「なにか言いました？」

「いえいえ。ただの独り言です。さあ、仕事ですよ。忙しくなりますからね」

「はい！」

璎良と典符は礼をし、それぞれの仕事へと戻っていった。

春龍顕現の報は瞬く間に宮城を駆け抜けた。

前例にない早すぎる顕現に宮城はざわめき、中には凶事の報せと囁く者もいた。

秋から冬まで平穏だと思われていた季獣省は騒がしくなり、急ぎ妃嬪参詣の予定も組まれた。

璎良は凍龍の祠に向かっていた。細い通路を抜けると、凍龍の前に先客がいる。その人物が振り返ると同時に璎良は礼をした。

「凍龍陛下も来ていたんですね」

凰駕は頷き、凍龍を撫でる。

「毎年、春龍が顕現すると凍龍の様子が落ち着かなくなる。だから心配でな」

「対の龍……と春龍様から聞きました」

「もとはひとつの龍だったが、凍龍が人間に肩入れをした結果、その身が分かたれたのだという。凍龍は継承を重視して人間と共に暮らす国を作り、永久を愛する春龍は一年のわずかな間だけ姿を現す」

分かたれた半身であり、冬を終わらせる春の季獣。それがゆえに、凍龍は春龍が苦手なのかもしれない。春龍の本心はわからないが。

「妃嬪の件はどうだ？　なにかわかりそうか」

「典符と仁耀殿が調べています。わたしも手が空いた時は手伝っていますが、進展はありません」

妃嬪らに行われた異能検査の記録を確かめたが、他者を害する異能を持つ妃嬪はひとりもいなかった。蒋淑妃でさえ、異能なしと判断されている。巧妙に隠して入宮したのだろう。

異能を隠すべとして検査官を疑ったが、取引をして隠しているような様子もなかった。怪しいところはなく、検査官は本当に蒋淑妃の異能に気づかなかったのだろう。

「蒋淑妃のように、異能を使っている場面を取り押さえたらいいんですけどね」

「理想的だが、難しいな。後宮で問題が起きてくれと願うようなものだ」

そこで話は途切れてしまった。異能隠しの件について凰駕も考えることが多いのだろう。

（後宮の問題……そういえば）

そこでふと、璆良は思い出した。

「……不起病」

芮貴妃と話していた、一度眠りにつくと目覚めない病だ。妃嬪の数名が罹り、眠りについたまま起きないという。原因はまだ調査中だと聞いていたが、どうにも引っかかる。

「これも異能の可能性があるのでは？　異能によって引き起こされたものなら、原因が不明なのも納得できます」

妃嬪は入宮前に検査を受けているため、他を害する異能は持っていない。これまではその前提があった。しかし蔣淑妃のように、なんらかの理由で異能を隠して入宮していたのかもしれない。

「確かに。不起病も異能が原因かもしれぬな」

「調べてみますか？」

「そうだな。できるならば、これを足がかりに異能を隠すすべを探りたいものだ。方法がわからなければ対策は講じれず、後宮で次々と問題が起こってしまう」

凰駕の言う通り、異能隠しを止めなければ、第二第三の異能を持つ者が入宮する可能性がある。

（となったら、不起病について妃嬪に聞いてみるのがよいかな。話しかけやすいのは芮貴妃と余才人と……）

季獣省の宦官を快く思わない妃嬪は多いが、芮貴妃のように分け隔てなく礼儀正しい者もいれば、余才人のように親しみを持って声をかけてくれるような者もいる。誰ならば不起病について話を聞きやすいだろうか。

そう考えていると、凰駕がじっとこちらを見ていた。驚いたように目を丸くしている。

「どうされました？」

「いや……その、仁耀と話をしたのではないかと思って……」

「仁耀殿とですか？　話は毎日していますが」

さらりと答えるも、凰駕が気にかけているのはこれではないらしい。「いや、その」と口ごもってばかりだ。

「なんのことを聞きたいんです？」

「……しばらく故郷に帰っていないだろう？　いや、その、帰ってほしいという意味ではなくだな」

季獣省で暇になる時期といえば秋から冬の間だ。殿舎や祠のいっせい清掃や宦官らの帰省などもこの時期である。

（わたしが故郷に帰りたがっていると凍龍陛下は考えたのかな）

春龍の顕現により季獣省の宦官は忙しくなった。そのことを案じているのだと、璎良は結論を出した。

「確かに故郷に残してきた家族は気になります。しばらく会っていないので」

「そう……か」

「ですが、わたしは季獣省の仕事が大好きなので！　凍龍様や春龍様にも会えるし、凍龍陛下とお話もできますし！」

心のままに伝えたのだが、凰駕はなぜか吃驚《きっきょう》し、こちらを見つめている。

（あれ、わたし変なことを言っ……てた！）

硬直した凰駕の反応から自らの失言に気づいた璎良はぶんぶんと両手を振った。

「こ、これはその、尊敬する凍龍陛下とお話をさせていただけることを、光栄に思っているというか、その」

「……ありがとう」

ぽつりと、凰駕の言葉が聞こえた。そして宥めるように頭を優しく撫でられる。凍龍を撫でる時のような、慈しみを秘めた手のひらだ。

「お前が故郷に戻るのではないかとずっと悩んでいたが、残ると聞いて安堵した。私も璎良と言葉を交わすのが日々の楽しみだ。こうして、お前をからかえるからな」

「はい……って、からかうのはやめてください。わたしは宦官です！」

もはや恒例の台詞となりつつあるものだが、これを聞くなり凰駕は笑った。そして頭を撫でていた手を引っ込め、両手をあげる。

「わかったわかった。お前は宦官だからな」

「そうです！　だから急に距離を詰めてくるのもだめです。びっくりしますから」

「それは、こういうのか？」

ずい、と急に顔を寄せられる。わざと身を屈め、璎良の視界に入るようにしているのだろう。凰駕の整った顔が眼前にある。その距離の近さは潜んでいた羞恥心を一気に引きずり出し、それに耐えられず璎良は顔を赤くしながら後退った。

「わ、わたしは宦官です！」

「ははっ。本当に面白い。顔が真っ赤だぞ」

「凍龍陛下のせいですから！」

璎良と凰駕が騒ぎ、それを凍龍が微笑ましいとばかりに眺める。穏やかな時間だ。

(ずっと、こうして凍龍陛下と共に過ごせたらいいのに)

この幸福な時間が得られるのなら、まだ宦官でいたい。女人であることを隠して、凰駕と共にいたい。

そう、願ってしまう。

＊＊＊

春龍の顕現から数ヶ月。秋の季は緩やかに終焉《しゅうえん》に向かい、凍龍国は険しい寒さに覆われていた。

季獣省の中庭には昨晩降った雪がうっすら積もっている。瓔良が息を吐けば、それは白く凍るほどに寒い。

（春龍様が来てから、びっくりするほど何事もない）

今日まで、後宮は平穏だった。新たに不起病に罹る者もなく、大きな問題も生じていない。警戒を怠るつもりはないが、これほど何事もないと間延びした心地になる。

（凍龍陛下、来ないかなあ……）

季獣参詣に来た妃嬪を案内する予定があるものの、その刻限までは早い。空いた時間に中庭掃除をすると決めたものの、ひとりで黙々と掃除するのは少々寂しい。

こういう時、見計らったように凰駕が来ては瓔良に声をかけてくれるのだが。寒い中庭では雪は溶けず、ふわふわとしたまま。雪を箒で掃くにしても手がかじかんで動かしにくい。

「……凍龍陛下が来たらいいのに」

そう呟いて、かじかんだ手に息を吹きかける。この程度では芯まで温まらないが、ないよりはましだ。寂しい気持ちがほぐれたような気がする。

　それを数度繰り返していると、瓔良の耳元に声が落ちた。

「私を呼んだな？」

　凰駕の声だ。突然現れたことに驚き、瓔良は「ひっ」と悲鳴をあげる。振り返ってみれば、くすくすと楽しげに笑う凰駕がいる。

「突然なにをするんですか！」

「お前が私を呼んだような気がしたからな」

「呼びましたが、驚かさないでください！」

　反論するも凰駕には響かず、彼は笑っているばかりだ。瓔良の驚き方がよほど面白かったのだろう。

（そこまで笑わなくてもいいと思うけど！）

　瓔良はむすっとして凰駕を睨む。凰駕もまた、瓔良の視線に気づいたらしい。

「わかったわかった。そうむくれるな。ところで……」

　言いかけながら、凰駕は瓔良の両手をつかむ。冷えた指先を温めるかのように、手のひらで優しく包み込む。

「冷たいな。これでは仕事もできないだろう」

「凍龍陛下！　そこまでしていただかなくても……！」

「これほど真っ赤になった手を放っておけるわけがないだろう」

両の手をしっかりとつかまれているので、凰駕の前から離れられない。

手が触れ合っている。瓔良よりも大きく、骨ばった男の手のひら。

(こ、こういうのがよくないの！　勘違いしそうになる！)

冷えた指先を温めるだけと凰駕は語るが、それはじゅうぶんに瓔良を面映ゆい心地にさせる。恋をしてはならないと封じたいのに、感情が疼《うず》いてしまう。

「しかし華奢な手だ。力を込めれば簡単に折れてしまいそうなほど、小さくて柔らかい。掃除などさせるのが惜しまれるほどだな」

「わたしは宦官です！　華奢ではありません。それに掃除も大事な仕事です」

「新しい手套《しゅとう》を作らせるか。このままではよくない」

「だ、大丈夫ですから！」

声をかけたところで凰駕は止まらず、手套を用意すると言って聞かない。

(一介の宦官に、わざわざ手套を作るって……そこまでしなくても大丈夫だけど)

とはいえ、こうして言い出せば瓔良が止めたところで聞かないのだろう。

(でも、嬉しい。かじかんでいる手に気づいてくれたんだ)

凰駕の手のひらにあった熱が移っていくように、瓔良の手も少しずつ温かくなっていく。指先の痛みはすっかり消えていた。

そしてもう一度凍龍陛下を見上げようとした時である。瓔良や凰駕ではない足音が聞こえた。

「……と、凍龍陛下⁉」

驚いたような声。その場に膝をついて礼をするのは宦官ではない。妃嬪——余才人だった。妃嬪にしては珍しく、宮女を従えずひとりで季獣省に来ていたらしい。

今日の季獣参詣は余才人の番だった。しかし季獣参詣にしては刻限が早すぎる。凰駕も余才人に気づいたらしく、瓔良の手を離した。顔をしかめているのは妃嬪に会いたくなかったためだろう。

季獣参詣の刻限は決まっている。凰駕はその刻限だけ、季獣省から離れるようにしていた。おそらくは妃嬪と顔を合わせないためだ。

「余才人、だったか」

凰駕が声をかける。余才人はおそるおそるといった様子で顔を上げた。

「これから季獣参詣だろう。励むように」

凰駕の表情は険しくなり、凍龍国皇帝の顔つきに戻っていた。こちらを振り返らず、足早に立ち去っていく。

凰駕の姿が消えると、余才人は詰めていた息を吐き、どっと気を緩めた。

「はあ……凍龍陛下がいるなんて。肝が冷えたわ」

「驚かせてしまい申し訳ありません」

「いいの。わたしが早く来ただけだから」

そう言って、余才人はにこりと微笑む。

「季獣参詣の時ならあなたに会えると思っていたの。わたし、璎良とまた話がしたくて。だって後宮を歩いていても、なかなかあなたに会えないでしょう？」

なかなか会えないのは、璎良が季獣省からなかなか出ないのが理由だ。現在もお使いを頼まれることは少ない。

「噂通りにあなたと凍龍陛下は親しいのね。あんなふうに手を繋いでいると、そう見られるのも仕方ないと思うわ」

「そんな噂があるのですか⁉」

「皆、凍龍陛下の話をするのが好きなのよ。でも安心して。わたしは、凍龍陛下が男色ではないと思っているから、先ほどの場面を見ても誤解しないわ」

ふふん、と余才人は得意げな表情で語った。噂されているのは驚きだが、この場面を目撃したのが余才人で助かった。

「でも、凍龍陛下がいるなら普段通りの刻限に来ればよかった」

「余才人は凍龍陛下を避けているんですか？」

「そうよ」

余才人の言葉は、瓔良にとって意外なものだった。後宮の妃嬪は全員が凰駕を慕っていると考えていたためだ。

だが余才人はあっさりと頷いてみせる。

「わたし、本当は妃嬪になりたくなかったの」

「ではどうして後宮に？」

「凍龍陛下の寵愛を得られれば余家の繁栄は約束される。だからお父様に頼まれて入宮したの。でも可哀想にね、わたしは皆みたいに凍龍陛下の気を引きたくない。寵愛に興味がないの」

ここは季獣省といえ後宮の一角。だというのに、余才人は臆さず口にしていた。それほど余才人は寵愛争いに興味がないのだろう。

「多くの娘を集めても、凍龍陛下は妃嬪たちに目もくれない。きっと想い人がいるのよ。わたしはそう思ってる」

「凍龍陛下の……想い人……」

なぜか、ずきりと胸が痛む。

棘が刺さったかのような鋭い痛み。確かに痛んで苦しいのに、棘が見えないから痛む理由がわからない。

そのような人がいるのだろうか。だとするならば、誰だろう。

「凍龍陛下が男色だというのも、妃嬪を避けるための嘘ではないかしら。なんて勝手な想像だけどね」

余才人が語るのは根拠のない憶測だが、腑に落ちてしまった。

（凍龍陛下は『女人が苦手ではない。妃嬪を遠ざけているのには理由がある』と話していた。妃嬪を避ける理由は好きな人がいるから……）

凰駕の隣に、妃嬪を遠ざけるほど一途に愛する者がいる。その想像は彼に対し抱いていた恋心に深く刺さり、呼吸をしているはずなのに息苦しく感じた。

（共にいても、わたしは凍龍陛下のことを知らない。誰を想っているのかさえ、わからない）

こんなにも心がかき乱されるほど、凰駕を好いていたのだ。自覚したところで、この恋は叶わない。凰駕は誰かを想っている。

「だから凍龍陛下にお会いしなくてもいい。むしろ会わない方が清々して過ごせる……って聞いてる？」

余才人に声をかけられ、瓔良は慌てて顔を上げた。

「す、すみません。考えごとをしてしまって」

すっかりと思考に耽っていた。

（誤解してはだめ。凍龍陛下には好きな人がいる。そしてわたしは宦官。この恋は絶

対に叶うことがない。だから忘れよう。凍龍陛下と距離を取って、季獣省宦官として専念しよう）

自らに言い聞かせ、無理やりに繕って微笑む。

「もう。瓔良はこの話が好きじゃなかったのかしら。じゃあ違う話にしましょう。最近、宮女から教えてもらって――」

余才人が気さくに話してくれるのはありがたい。ひとりだったら、悶々と悩んでいただろう。

他の妃嬪の宮で行われた茶会や、食べた菓子。咲いていた花が冬になって枯れて悲しんだことなど、話をしているうちに荒んだ心が凪いでいく。そうして朱大門に着くまで、ふたりの他愛ない会話は続いた。

余才人の季獣参詣はつつがなく終わった。朱大門へと向かう道中にて余才人が思い出したように切り出す。

「そういえば、蒋淑妃の噂は聞いたかしら。ざまあみろと思ったわ」

狭い通路に余才人の声が反響し、瓔良は慌てた。

「そ、そのようなことを、わたしはともかく他の人に聞かれては……」

「別に気にしないわ。わたし、蒋淑妃が苦手だったのよ。わたしが才人の位で、相手は淑妃でしょう？　いっつも人を見下して、嫌な態度ばかり取っていたの。わたしと会っても、美しくないだの自己研鑽《じこけんさん》が足りないだの文句をつけてきて！」

「それは嫌ですね……」

どうやら蔣淑妃は余才人にも居丈高な態度を取っていたようだ。余才人が蔣淑妃を嫌うのも当然だ。

「芮貴妃にはそのような態度を取れなかったみたいだけど、それ以外の妃嬪にはひどい扱いをしていたんだから。今回の件を聞いた時、みんなほっとしていたわ。秋虎様から力を奪っていたのも、どうせ凍龍陛下の気を引こうとしたのでしょうね」

後宮でも蔣淑妃の噂は広まっていたらしいが、瓔良はこの話に違和感を抱いた。

その場に立ち止まり、余才人に問う。

「余才人は、蔣淑妃が力を奪っていたことに驚かれないのですね」

「え？　だって、異能を使ったのでしょう？」

「ええ。ですが――」

後宮の妃嬪たちは、異能検査を受けている。異能を持たない者か、人に害を与えない異能を持っている者だけがここにいる。

（余才人は異能を持っていなかったはず。なのに、蔣淑妃が異能を使っても驚いていない？）

異能を持たないとされていた蔣淑妃が異能を使っていたのだ。もっと驚いてもよいはずである。しかし余才人にそのような様子は見られなかった。

「異能ぐらい、知っているわよ。今さら驚きもないわ。凍龍陛下だって凄まじい異能を持つと語られているじゃない」

「そう、なんですか？」

「凍龍から与えられた凍の異能——体だけにあらず、心や、その生をも凍らせる。もっとも、強すぎるからか凍龍陛下は異能を使わないそうだけど」

そういえば、と瓔良は思い出す。

蔣淑妃に立ち向かう際、凰駕が使った異能は稀《まれ》なるものだった。髪まで凍りついたように白くなり、蔣淑妃の心にある異能の才を凍らせた。それにより蔣淑妃は異能を使えぬ身となったのである。

（確かにすごい異能だった。今度、凍龍陛下に聞いてみよう）

それでも、余才人の反応は気になる。異能に慣れている印象が拭えない。瓔良は改めて余才人に告げる。

「蔣淑妃は異能を持たないと判断されていたそうです。だから余才人は、蔣淑妃が異能を使ったことに驚くのではないかと思っていました」

「そうね。そう言われると少し気になるけれど……」

　そこで余才人が歩みを止めた。狭い通路は終わり、朱大門に戻ってきたのだ。だが余才人が立ち止まった理由はそれだけではなかった。

「あら。余才人ね」

　朱大門に、大勢の宮女がいる。その中でも目立つのは芮貴妃の姿だ。

「……芮貴妃も、いらして、いたのですね」

　余才人の口から紡がれた言葉は先ほどとは一転し、暗い声音を伴っていた。

　そんな余才人に、芮貴妃は微笑む。

「ごめんなさいね。季獣参詣の日を間違えてしまったの。今日は余才人の日だと知らなかったのよ」

「あ……そうでしたか」

「あなた、また宮女を連れずにひとりで出歩いていたのね。あなたの無用心さが心配になるわ」

　まるで親しい姉とでも言うかのように芮貴妃は身を屈め、余才人の頭をふわりと撫でる。

　しかし、余才人はというと、瓔良と共にいた時のような溌剌《はつらつ》とした表情はすっかり消えていた。顔は青くなり、芮貴妃と目を合わせぬよう視線を泳がせている。

（余才人は……芮貴妃が苦手なのかな）

妃嬪たちの関係性を詳しくは知らないが、余才人の態度はどこか怯えているように見えた。

「宮に戻るのなら、一緒に行きましょう。余才人に会うのは久しぶりだからお話ししたいことがたくさんあるのよ」

「……光栄です」

余才人は少しの間を置いてから、芮貴妃の提案を承諾した。

ふたりのやりとりを見守る瓔良に向け、余才人が振り返る。

「瓔良。あなたと話せて楽しかった。またお話ししましょうね」

「はい。こちらこそ、またお会いしましょう」

引っかかるものはあったが、一介の宦官が妃嬪を引き止めれば、あらぬ噂を立てられるかもしれない。そのため瓔良は黙って、余才人と芮貴妃を見送った。

（余才人と一緒にいると、お友達と話しているような気持ちになる）

余才人は、瓔良が宦官だからではなく、瓔良の性格を好んで会いに来てくれたのだろう。そのため瓔良も余才人をよく思っている。

だからこそ、別れ際がどうしても気になった。

（芮貴妃が怖いのかな……）

覚悟を決めたかのように噛みしめた唇。強張った顔つき。芮貴妃に対し、警戒しているような仕草だった。

真相はわからない。妃嬪らが去った朱大門は沈黙に包まれていた。

この沈黙が、春龍顕現以降続いた平穏を壊すのだと、この時の瓔良は気づかなかった。

＊＊＊

翌日。瓔良は春龍のもとにいた。

秋虎の時のように弱ってはいないため、毎日糧の異能を使う必要はない。それでも瓔良は一日に何度も春龍の様子を見に行っていた。

「春龍様、お加減はいかがでしょうか？」

春龍とは会話ができる喜びがある。普段ならば春龍は『よい』や『それなりじゃの』と答えてくれる。

しかし今日は違った。春龍は大きな瞳を開き、瓔良に視線を向けずに祠の壁を睨めつけている。なにかを感じ取っているのか、龍身は宙に浮いていた。

『瓔良よ』

春龍は厳かに言う。

『凶事が迫っている』

「凶事……ですか？」

『後宮に悪意が満ちている。人に害を与えんとする、人間の悪しき心だ』

知らずのうちに瓔良は息を呑んでいた。その場に立ち尽くし、春龍の言葉に耳を傾けることしかできない。

『いつどのように害を与えるのか仔細は我にもわからぬ。だから我にできるのは忠告までだ。用心するようにな。この悪意がおぬしに牙を剥かぬよう願うばかりだ』

春龍の強張った態度。それほど恐ろしいなにかを感じ取っているようだ。

（なにが起きるのだろう）

急に地面が崩れて消えたような、足元からぐらつく心地がして不安だ。

この後宮に悪意が潜んでいる。その言葉を改めて認識し、恐怖を抱いた。

忠告してくれた春龍に礼を言い、瓔良は急ぎ祠を後にする。

（凍龍陛下に報告……）

凰駕を思い浮かべた瞬間、足が止まった。凰駕が誰かを好いていると気づいてから会うのが怖かった。一緒にいればもっと好きになる。好きになればなるほど叶わないことが苦しくなる。

（ううん。わたしは季獣省の宦官なんだから仕事を全うする。凍龍陛下に報告しよう）

ためらいを振り払い、駆け出す。

朱大門を抜けて回廊まで進むと、典符の姿が見えた。瓔良は息を切らしながら典符のもとに駆け寄る。

「典符！　凍龍陛下を見かけなかった？」

「凍龍陛下？　なにかあった？」

「それが――」

瓔良は春龍より聞いた話を典符に伝える。聞くなり、典符も表情を凍らせた。

「凶事……それは早く凍龍陛下に伝えた方がいいね」

「そうなの。だから一緒に捜してほしい」

「わかった。僕も――」

捜す、と言いかけたのだろう典符は一点で視線を止め、ぴたりと動きを止めた。

回廊の向こうから駆けてくる者がひとり。仁耀だ。

「仁耀殿。どうされました？」

典符が声をかける。仁耀はこちらにやってくると、懐から文を取り出した。どうやら瓔良宛てらしい。

「先ほど、あなたに届いたものですよ」

「文？　いったい誰から」

「余才人からです。文を届けてくれた宮女は、急ぎ助けてほしいと言っていました」

瓔良は文を受け取るなり、すぐに中を確かめた。昨日の余才人の様子が引っかかっている。この文に、その理由が綴《つづ》られているかもしれないと期待したのだ。

【瓔良へ。あなたにしか相談できないことがあるの。ふたりで話したいから、今日わたしの宮に来てほしい】

呼び出しの理由までは書かれていない。しかし深刻な内容であることは、その筆致から伺える。

（すぐに向かいたいけど、春龍様に凶事が迫っていると言われたばかりだから、簡単には決められない。嫌な予感がする）

瓔良はしばし考える。余才人がなにを話そうとしているのか気になるところではある。さらに春龍の忠告も、この件ではないかと勘が働いているのだ。

（でも、逃げていたら他の人に悪意が向くかもしれない）

春龍が顕現したのは後宮に潜む悪意を確かめるためだが、これまでその糸口は見つからなかった。そして現在、瓔良の予想通りに余才人の誘いが凶事と絡んでいるのなら尻尾をつかめるかもしれない。そして、この機を逃せば、瓔良ではなく別の者に襲いかかることも考えられる。

（これで余才人が凶事と関係がなかったら、警戒しすぎたって笑い話になるけれ

ど……蓋は開けてみないとわからない)

この誘いがどのように転ぶかわからない。だというのに不思議と恐怖心はなかった。

璎良は目を伏せる。暗闇にぼんやりと、凰駕の姿が思い浮かんだ。

『突飛な行動、つまりは相談なくひとりで動かぬように。なにかあれば必ず私に相談を』

蔣淑妃と宦官の密談を盗み聞きした時、凰駕はそう言っていた。

(きっとひとりで行動したら怒るんだろうな。しないけど!)

この後宮に悪意が潜んでいる。凶事が起きる。だから無策な行動は取りたくない。ひとりで動くことが危険であるのは璎良にもわかっている。

『必ず守り、お前を傷つけさせない』

(凍龍陛下はそう約束してくれた。絶対に守ってくれる。だから、なにが起きたとしてもわたしは怖くない。凍龍陛下を信じているから)

蔣淑妃の時にも同じように感じた。守ると宣言してくれた凰駕の言葉は璎良の支えだ。だから、恐怖心は払拭される。

顔を上げた璎良は口元ににやりと笑みを浮かべた。

「この文はどうします? 余才人のもとに行くのですか?」

璎良が答えを見つけたと察したのだろう仁耀が問う。璎良はしっかりと頷いた。

「行きます。でも、頼りになる人を連れていこうと思います」

「頼りになる人？　まさか」

自分を連れていくのかと想像したらしく、仁耀と典符それぞれの顔が強張った。しかし瓔良は首を振る。

「ふたりではありませんよ。この後宮で、一番頼りになる人を呼びます」


そして数刻後。瓔良は余才人が賜る妃宮に向かっていた。その隣にいるのは季獣省宦官の装いをした凰駕である。

「……皇帝を伴に選ぶ宦官など前代未聞だな」

青みがかった黒髪は結い上げられ、幞頭まで着けている。これは仁耀から借りたものだ。どうやら宦官の姿になるのは嫌らしく、季獣省を出てからというものふて腐れた顔をしてばかりだ。

「確かに相談しろとも、ひとりで行動するなとも命じたが、私が変装するとはな」

装いが変わっても美しさは隠しきれず、慣れぬ装いに不満を抱く凰駕の姿も、瓔良にとっては面白かった。普段からかわれている分をやり返したような心地だ。

「絶対に守ると約束したのは凍龍陛下ですよ」

「約束はしたが、こうなるとは聞いてない」

璎良が余才人の宮に行くとなり、思いついたのは凰駕を連れていくことだった。皇帝という立場ではなく、彼自身を信頼しているがゆえだ。

「大丈夫です。守ってくださると信じていますので」

璎良がにっこりと微笑む。凰駕はしばし目を瞬いていたが、やがて手で顔を覆って、深くため息をついた。

「……調子が狂う」

「よく言いますよね、それ」

「お前のせいだな」

指の隙間から見えた凰駕の頬は赤かったようにも思えるが、見間違いかもしれない。次に彼が顔を上げた時には、普段通りの表情に戻っていた。

「それで、作戦は」

「なにが起きるのかわからないので、そばにいてほしいです」

「ほう？」

璎良としてはなんの気なしに言ったのだが、凰駕の受け取り方は違ったらしい。急にぐいと璎良の肩を抱き寄せる。

「と、凍龍陛下!?」

密着した体に動揺し、璎良の声が上擦る。逃げようにも彼の力は強く、それどころかからかうような声音が落ちてくる。

「そばにいてほしい、と言ったのはお前だろう」

「そういう意味ではありません。適切な距離でお願いします。わたしは宦官ですから！」

「奇遇だな、私も宦官だ。誰に見られても仲のよい宦官ふたりと思われるだけだぞ」

　見上げれば、普段とは違う装いをした凰駕がいる。髪を結い上げた姿は新鮮で、凝視していればこちらが参ってしまいそうだ。

「ふむ。こうしてからかえると思うと、宦官になるのも悪くないな。宦官の姿ならばお前を抱きしめても目立つことはなさそうだ」

「目立ちます！　そんな宦官はいません！」

「ははっ、そう顔を赤くして怒るな。お前をからかっているだけだ」

　こうして距離を詰められるたびに心音が急いて、顔が赤くなる。慣れなきゃとわかっているのだが、端正な顔立ちの凰駕を相手にして慣れるなど至難の業だ。

（人の気も知らず、こうして距離を詰めるから）

　忘れたいのに、期待してしまう。凰駕が誰かを好いているのだと考えれば、恥じらいは虚しさへと変わっていく。自ずと、瓔良はうなだれていた。

「……だから、苦しくなるのに」

その声量はかすかなものだったので、凰駕の耳をかすめても聞き取るまでは至らなかった。凰駕はぱっと手を離し、瓔良の顔を覗き込む。

「急に俯いてどうした？」

「なんでもありません。独り言です」

瓔良としても、その独り言を彼に聞かせるつもりはなかった。口から出ていたことにも驚いている。ばつが悪く、凰駕から顔を背けた。

「気になることがあるのなら言え」

凰駕はなかなか折れようとしない。黙り続けても無理やりに聞き出そうとするに違いない。話題を変えなければと頭を巡らせ、思い出したのは余才人から聞いた話だ。

「そういえば、蔣淑妃と対峙《たいじ》した時に凍龍陛下が使ったのは異能でしょうか？」

「ああ、話していなかったか」

どうやら隠すつもりはないらしく、凰駕は表情を変えずに淡々と答えた。

「あれは私の異能、凍だ。だが瓔良のような先天的に異能を持つ者と違い、私の異能は凍龍に与えられたものになる」

「なるほど。だから異能を使った時にお姿が変わったんですね」

「髪などが変わるのはそのためだが、実はあまりよくない」

凰駕は苦笑している。蔣淑妃の時に異能を使ったことは、凰駕にとってよい記憶となっていないようだ。

「凍龍に与えられし異能は強靱な力を持つ。これを制御し、凍龍を育て上げてこそ、この国の皇帝となる資格を得る。つまりは皇太子となるのだが、私はまだまだ未熟だ。感情の揺れが大きいと、私の異能は暴走する」

「蔣淑妃と対峙した時に凍龍陛下が倒れたのは、暴走したせいでしょうか？」

「この異能は必ず制御できるとは言い切れず、暴走すれば己の生気をすり減らす。あの時は、蔣淑妃の異能を浴びた上、自身の異能が暴走して生気を使い果たし、私は死にかけたのだろうな」

「そんな……」

「だがお前に救ってもらった」

案ずるな、と言うかのように凰駕が瓔良の頭をぽんぽんと優しく撫でる。それでも瓔良の心に生じた不安は拭えなかった。暗い表情のまま瓔良は呟く。

「凍龍陛下が異能を使うことのないようにしないといけませんね」

「そうだな。しかし、だからといって使わぬつもりはない。お前が危機に陥れば、私は異能を使う。異能について明かしたのも、お前を守ると誓っているからだ。この力をお前のために使うのはためらわない」

その言葉に、瓔良はじっと凰駕を見上げる。彼の涼やかな瞳の奥に、秘めたる覚悟が見えた。璎良を信頼しているから、異能について明かしてくれたのだ。

信頼されている、その事実が嬉しい。

「わたしは凍龍陛下を失いたくありません。だから、凍龍陛下が異能を使わなくてもよいようにしますね」

「よくわからないが、お前の機嫌が直ったようでよかった。だがくれぐれも危機に飛び込まぬようにな」

「はい！」

凰駕が守ると誓ったから、恐怖はない。だからといって守ってもらえるのだと甘んじて危機に飛び込むのは違う。

（季獣省にいる限り、凍龍陛下を守ろう）

その決意を胸に、歩を進める。

そうしてふたりは余才人の宮に着いた。凰駕は用意していた顔布《かおぎぬ》を着ける。これで、顔は目元以外が隠された。凰駕の正体が知られぬようにとの策である。

宮女に案内された間で待つと、余才人がやってきた。当然彼女の視線は璎良ではなく凰駕に向く。

「璎良。この方は？」

「季獣省の宦官でわたしの友人です。今回、余才人にご挨拶できればと」

「……顔が見えないけれど」

想定通り、余才人は怪訝な顔をしていた。顔布をつけた不審な宦官が来たのだから当然の反応だ。

「そ、掃除などしておりまして。汚れてしまっていたので、顔布を着けてもらいました。季獣省の宦官にはよくあることですから！」

「……ふうん」

この文言は仁耀が考えてくれたものだ。瓔良では思いつかなかった。

ちらりと凰駕を見れば眉間にぐっと皺を寄せていた。機嫌が悪そうである。

(凍龍陛下、すみません)

心の中で詫びを入れつつ、余才人と向き合う。余才人は納得がいかぬようだったが、ついに諦めて宮女に退室を命じた。控えていた宮女は次々と出ていき、残されたのは瓔良と凰駕そして余才人の三人となった。

「本当はひとりで来てほしかったけれど」

余才人の表情は優れない。想定外の同行者である凰駕が気になるようで、ちらちらと彼の表情を確かめている。

しかし、覚悟を決めたように長く息を吐いた。今にもかき消えそうなほど小さな声音で呟く。

「仕方ないわ。こうなったら、ひとりもふたりも変わらない」

「え？　いま、なんと」

「ううん。独り言よ」

険しい表情をしていたが、無理やりに笑みを作る。余才人の振る舞いからなにかを隠していることは容易に感じ取れた。瓔良は警戒を緩めず、余才人の動きを注視する。

「瓔良に初めて会った時、驚いたわ。嫌がらせをされてもあなたは動じない。波風を立てぬようにするのではなく、そもそも眼中にないかのようだった。そんな人、妃嬪にも宦官にもいない」

「そうでしたね。余才人に助けていただきました」

「からりとした秋風のようで面白いと思ったの。言葉を交わしてもそう。宦官というよりは友人のようだった」

そう語り、余才人は瞳を伏せる。

「あなたが妃嬪だったらよかったのに。ううん、宮女でもいい。あなたが宦官ではなくて女人だったらよかった。一緒にお茶をして、いろんな話をするの。きっと楽しいはずよ」

瓔良は頷いていた。瓔良にとっても余才人の、優しくしかし裏表のないすっきりとした性格は好ましい。友人にするならこのような人がいいと思ったものだ。

（本当は女人だけど……言えなくてごめんね）

余才人には届かないとわかっていながらも、心の中で詫びる。

余才人は瞳を開き、悲しげに瓔良を見つめた。

ゆっくりと手をかざす。

（この動き。余才人は異能を使おうとしている!?）

一瞬にして場の空気は緊迫したものに変わった。異変を察知したのは瓔良だけではない。控えていた凰駕も、今にも飛び出せるように身構えている。

「異能を……使うつもりですか」

おそるおそる、瓔良が問う。余才人は今にも泣き出しそうなほど顔をくしゃりと歪めていた。

「ごめんなさい……わたしだってこんなことしたくない」

否定しない。つまり、余才人も異能を使えるのだ。しかし、じっくりと考える間はない。まずは余才人の凶行を止めなければ。

「余才人。異能を使ってはいけません」

「わたしだって、嫌よ。でも仕方がないの……あなたを眠らせないと……」

余才人の眦《まなじり》には光るものがあった。涙だ。しかし手を下ろそうとしない。こちらに向けた手のひらに光が集う。

「璎良、下がれ！」

その言葉と同時に凰駕が動いた。咄嗟に駆け出し、余才人の手をつかむ。

「離して！」

「落ち着け、話せばわかる」

体格の大きさでは凰駕が勝る。余才人の腕と体をつかんだが、それでも余才人は諦めず身をよじらせて抵抗していた。

「嫌よ！　話すことなんてない！」

余才人は混乱しているらしく、凰駕の言葉に耳を傾けようとしない。もがき、暴れるばかりだ。そして――。

「わたしは、やらないといけないの！」

余才人が叫んだ。それと同時に彼女の手のひらから光が放たれる。

「璎良、逃げろ！」

異能が発動すると察知した凰駕が叫ぶ。

「凍龍陛下！」

璎良も凍龍陛下を救おうと手を伸ばす。

しかし、眩しい光は瞬時に辺りを包み、余才人を押さえつけていた凰駕、そして璎良も光に呑み込まれた。

（あれ……意識がある？）

不思議なことに光に呑まれても意識はある。目を開けば眩しさはなく、しかし余才人の宮にいたはずが辺りは真っ白だった。

ちらちらと、光るものが降り注ぐ。それは春の陽光のように温かく、薄桃色の小さな粒は花びらに似ている。

『瓔良よ』

自分を呼ぶ声には聞き覚えがある。しかし辺りを見渡せど、その姿はない。白い世界にどこかから降り注ぐ薄桃色の結晶だけだ。

「春龍様、どこにいるんです」

『おぬしが聞こえるのは、我の声のみじゃ。ここは夢のようなものだが、おぬしはまもなく目を醒ます。我が、そなたたちの凶事を受けたからな』

「凶事を受けた？　では余才人の異能は……」

余才人は『眠らせる』と言っていた。彼女の異能は眠りに関するものだろう。となれば、瓔良と凰駕はどうなったのか。

『あの小娘は『眠』の異能を使った。おぬしと凍龍の名代はそれを受け、永き眠りに落ちるはずであったが……可哀想だからの。我がすべてを受けた』

凰駕と瓔良が受けるはずだった異能を、春龍がかばったのだ。

理解すると同時に、瓔良は悔やんだ。

「だめです。春龍様が眠りにつくなんて、そんなの」

どこかから春龍がくっくっと笑う声が聞こえる。眠りから醒める時間が近づいているのか、瓔良の体も沈むように重たくなっていく。

『案ずるな。我は眠りについても、意識はある。おぬしに声を届けられる』

「春龍様……でも」

『春を呼びたいのなら、我の眠りを解け』

瞼が重たくなっていく。体の力が抜け、立てなくなっていた。

『瓔良そして凍龍の名代。おぬしたちが我の体を目覚めさせなければ、この国の春はない』

その言葉を聞くと同時に瓔良の意識が落ちた。

次に瞳を開いた時、視界にいたのは凰駕だった。

「あ……あれ」

白い世界は消え、舞い散る薄桃色の粒もなくなっていた。意識を失う前と同じ、余才人の賜った宮である。

「気づいたか」

「はい……って、凍龍陛下は無事ですか⁉」

凰駕もあの異能の光に呑まれたはずと思い出し、璎良は勢いよく身を起こす。ちょうど凰駕の膝に頭を乗せていたこともあり、身を起こしてまずつかんだのは凰駕の袍の胸元だった。

「私は大丈夫だ。眩しいだけで、お前のように意識を失わなかった」

「異能も使っていませんね⁉」

「安心しろ。大丈夫だ」

それを聞いて、璎良はほっとする。

安堵したのは璎良だけでなく凰駕もなのだろう。意識を失った璎良を案じ、自らの膝に璎良の頭を乗せて介抱していたようだ。

「余才人は……」

「人を呼んだ」

凰駕の視線を追うと、そこには凰駕が呼んだらしい衛士に捕らえられた余才人がいる。両手を拘束されうなだれていたが、目覚めた璎良を見るなり驚いていた。

「どうして……眠らなかったの……」

余才人が呟く。

春龍によると、この異能は眠。つまり余才人は瓔良と凰駕を眠らせようとしていたのだ。しかし凰駕は眠らず、瓔良も目を醒ました。

その理由は、わかっている。

「凍龍陛下！　急いで季獣省に戻りましょう」

「季獣省……？　なにかあったのだな。私はかまわないが、瓔良は大丈夫か？」

「はい！　平気です！」

急ぎ、春龍の様子を確かめたい。

瓔良の様子から危機を察したらしい凰駕も険しい顔をしていた。余才人は衛士に任せ、ふたりはすぐに季獣省へ向かった。

ふたりが季獣省に着いた時には騒然としていた。朱大門に集まっていた仁耀や典符は凰駕を見るなり駆け寄ってくる。

「……凍龍陛下、大変なことが起きました」

仁耀は青ざめ、手も声も震えていた。

ここに来るまでの間に、春龍について凰駕に伝えていた。そのため凰駕は仁耀の様子を見ても驚かず、冷静なままだ。

「眠りについたのだな？」

「はい。それに合わせて龍身が纏っていた淡い光も消えています」

仁耀曰く、春龍が眠りにつくなり薄桃の光は消えた。龍鱗は煌めきを失い、薄桃色の石のようになったという。それは、この眠りが通常のものとは異なることを示していた。

瓔良と凰駕も祠に向かうも、どれほど進んでも春のような温かさはなく、薄桃色の光も見えてこない。秋虎が消えた後の、なにもいない祠のようにしんと静かだ。

「……眠った、のか」

最奥に着き、その場に渦巻いて眠る春龍を見つめながら、凰駕が言う。春龍は動かぬ石のようになっていた。

「わたしと凍龍陛下が受けるはずだった異能を、春龍様が代わりに受けたのです」

「おかしいとは思っていた。余才人の異能を受けても私は意識を失わなかったからな。余才人も驚いていた」

「眠の異能だと、春龍様は言っていました」

この異能で気になるところはもうひとつある。

眠りにつく。それは、後宮で何人もの妃嬪が眠りについたという不起病を彷彿《ほうふつ》とさせるのだ。

「不起病も、この異能のせいでしょうか？」

「私もそう考えている」

凰駕はためらわず、瓔良の考えに頷いた。

「宮医からの話を聞いていたが、なにをしても目覚めぬとは人智を超えたものがあると思っていた。異能が原因だというのなら合点がいく」

「では不起病も、余才人が異能を解けば――」

『違う』

皆が目覚めるのではないか。そう考えた瓔良だったが、それは思いも寄らぬところから否定された。

「春龍様!?」

春龍の龍身はまったく動いていない。しかし声が、瓔良だけに聞こえていた。

『意識はあるからな、話は聞こえているぞ。我が罹っている眠りというのは、後宮の娘たちが眠るものと同じ。おぬしたちが不起病と名付けたものだな』

「では、異能を解けば目覚めるのでしょうか」

『わからぬ』

ぴしゃりと、春龍は容赦なく断言した。

『本来であればおぬしの言う通りにすれば目覚めるじゃろう。だが、この異能には危うさがある。異能を喰《く》らった身だからこそわかることじゃな』

「危うさとはなんでしょう」

『あの娘は、これまで異能をあまり使わなかったのではないか。もしくは急に異能を使わなければならなくなったのやもしれぬ。眠の異能を制御できていないのじゃろう』

「……異能を解いても、目覚めるかわからない」

瓔良が呟く。それを凰鴛も聞いていたのだろう。

「それは困る。不起病を解かなければ、妃嬪はもちろんだが春龍も目覚めず、この国の冬は終わらない」

「異能を解いて目覚めればよいのですが」

「余才人からも話を聞かなければならないな」

異能を使った余才人は捕らえている。彼女の口から、眠りを解くすべが語られるかもしれない。

(でも……余才人は異能を使いたくなかったように見えた)

異能を使う時に見た余才人の涙が忘れられない。まるで、自分の意思とは異なり、誰かに使わされているようでもあった。

(余才人が話してくれたらいいけれど)

彼女のことを思うと、心が沈む。

後宮で知り合った妃嬪の中でも余才人は気さくに声をかけてくれた。瓔良が嫌がらせをされていても、その裏に蒋淑妃が絡んでいるとなれば見て見ぬふりをするのが大半だろう。しかし余才人はためらわず手巾を渡し、嫌がらせを『ひどい』と話していた。

余才人は優しい人だった。後宮に来たくなかったというのも彼女の本心だろう。

（わたしが宦官ではなく妃嬪や宮女だったら、余才人と仲良くなれたのかな）

それはしこりのように、瓔良の胸を締めつけている。

＊＊＊

余才人の一件から数日のことである。瓔良は中庭にて休息を取っていた。

休息といっても外は寒い。雪を払った長椅に腰掛けるも、座ったところから冷気が体に染み込んでいくような心地だ。

（余才人が再度異能検査を受けたって聞いたけど……どうなったんだろう）

この数日、凰駕はあまり季獣省に来ない。凍龍に会いに来ても早々に戻ってしまい、瓔良と顔を合わせる回数が減っていた。余才人や春龍の件でより忙しくなったのかもしれない。

むう、と瓔良は頬を膨らませる。というのも瓔良の気持ちはどうにも複雑だった。

余才人については気になる。凰駕に会って仔細を聞きたいところだが、顔を合わせるのはやはり気乗りがしなかった。

（会わない間は心配だし、寂しくなる。でも凍龍陛下に会うと苦しい）

好きになってはいけないと自制しても、会えば心はかき乱される。親しく言葉を交わし、距離が近ければ近いほど、凰駕に想い人がいるという推測が瓔良を苦しめていた。

「……では、春龍様の眠りは呪いだと？」

話し声が耳朶に触れ、瓔良の思考は妨げられた。振り返ると、回廊を歩く季獣省宦官がふたり。おそらく春龍の件を話しているのだろう。中庭にいる瓔良に気づかず、ふたりは話している。

「そういう噂があるだけだ。妃嬪の間で噂が出ているらしい」

「噂というのも困ったものだな」

彼らは後宮で広まる噂について話しているようだ。季獣省から外に出ない瓔良にとっては貴重な情報でもある。瓔良は息を潜め、彼らの話に耳を傾けた。

「不起病が流行ったのは、凍龍陛下が妃嬪を遠ざけているがゆえに生じた呪いで、それが春龍様にも及んだ……だそうだ。この噂を受けて、凍龍陛下が妃宮に渡れば解決すると進言している者まで出てきている」

季獣省の宦官には、春龍が眠りについた理由が不起病であり異能が原因と伝えているが、犯人の情報は開示していない。余才人の異能再検査の結果が出ていないためだ。

これらの話は不要な混乱を避けるべく箝口令《かんこうれい》が敷かれている。そのため、季獣参詣が取りやめになった理由についてさまざまな憶測が後宮で語られているようだ。

「くだらない。凍龍陛下も真に受けないと思うが」

「とはいえ、数が増えれば対応せざるを得ない。芮大人《ぜいたいじん》も進言したそうだ」

「なぜ芮大人……ああ、芮貴妃の父だものな。となれば凍龍陛下も無下にできぬか」

瓔良は政には詳しくないが、凰駕が無視できないほどなのだから、芮貴妃の父こと芮大人は外廷でもそれなりの地位にいるのだろう。

「凍龍陛下がいよいよ妃宮に渡るとなれば、筆頭候補はやはり芮貴妃か」

「でなければ芮大人が黙っていないだろう。まだ若いがゆえに、凍龍陛下は敵が多くて大変だな」

宦官らは凰駕の苦労を嘆きながら去っていった。

彼らの姿が消えてから、瓔良はぼんやりと空を見上げる。宦官らの話を反芻《はんすう》する瓔良の心を映したようにどんよりとした冬の空だ。

（凍龍陛下は妃宮に渡るのかな）

なかなか凰駕に会えぬ理由は今の話に関係しているのかもしれない。

凰駕は誰かを想い、それがゆえに妃嬪を拒んでいるのなら、進言があっても妃宮に渡りたくないだろう。

(わたしは……凍龍陛下の力になりたい)

自らの恋は叶わないとしても、凰駕を支えたい。だが偽りの宦官である瓔良になにができるのか。しばし考えるも答えは出ず、そのうちに時間が過ぎた。

そろそろ戻らなければならない。重たい気分を払拭するように勢いよく立ち上がる。

「よし。頑張ろ」

小さく呟いて気合いを入れ、歩き出そうとした時だった。回廊からやってきた仁耀が瓔良を見つけるなり呼ぶ。

「そこにいたんですね。捜しましたよ」

「仁耀殿？　どうされました」

仁耀は急ぎ気味に駆けてくる。

「お願いがありましてね。ここでは少々お話できないので、一度居室に戻ってもらえますか？」

「どうしてです？」

「後ほどわかると思いますよ」

仁耀は裏になにかありそうな怪しい笑みを浮かべ、いくら聞いても理由を教えてはくれなかった。

釈然としないまま瓔良は居室に向かう。中で待ち受けていたのは、仁耀が怪しく笑っていた理由だ。

「ど、どうして凍龍陛下がここに⁉」

誰もいないはずが、凰駕がいる。その姿を確かめると同時に瓔良の口から吃驚が漏れていた。

「……静かに話せる場所がよいと考えたのだが、仁耀がここを指定したからな」

「いや、だからってわたしの部屋でなくてもよいと思います」

見られて困るものはない。瓔良が倒れた時にも凰駕は居室に入っている。しかし、彼がいるというのはどうにも気まずく感じてしまう。それもこれも居室が狭いためだ。狭い部屋に凰駕とふたりとは落ち着かない。

「他の場所で話して、他の者に聞かれるよりはいいだろう」

「それは……そうですが」

困惑しているのは瓔良だけで、凰駕は普段通りの振る舞いだ。

(そうだよね。凍龍陛下から見たら、わたしはただの宦官だもの)

凰駕の態度から、瓔良も冷静さを取り戻していく。

居室の椅子は一脚のみ。既に凰駕が使っていたので、瓔良は牀榻に腰掛ける。その動きを見届けてから、凰駕が切り出した。

「話というのは余才人についてだ」

余才人の名に、璎良の表情が変わった。

「余才人から話を聞き出そうとしたが、知らぬ存ぜぬを通すばかりだ。再度、異能検査を行ったがやはり検出はされない」

「では、余才人は異能を使えないと判断されたのですか？」

凰駕は頷いている。

余才人が異能を使った現場にいたのは璎良と凰駕のみで、ふたりの証言だけでは足りない。彼女が異能を使えるという確たる証拠を得たいところだが、空振りである。

「間違いなく、余才人が異能を使っていたのに。その異能検査に不正はないのでしょうか」

「それはない。私が確かめた」

おかしなことだ。確実に異能を使っていたというのに、異能検査では見つからない。

凰駕が困惑した表情をしているのも合点がいく。

「余才人はどうなりますか？」

「証拠不十分として扱われるだろう。だが、私は許していないからな。しばらくは妃宮に謹慎してもらう」

不起病を解くすべとして余才人に仔細を聞きたいところだったが、暗礁に乗り上げてしまった。

「蒋淑妃にやったように、私が異能を使って彼女の異能を奪うことも考えたが、それでも眠りが解けない可能性があると春龍が言っていたからな。別の手段を探らなければいけない」

しかし糸口はつかめぬままだ。どのように動くか、なにを調べるべきかも見つかっていない。

（春龍様の件に、余才人の異能検査。不起病は呪いという変な噂もあるし──）

「凍龍陛下も、大変ですね」

思考はいつの間にか口から溢れ出ていた。突然瓔良が呟いたため、凰駕が驚いてこちらを見る。

「なんだ、突然どうした」

「すみません。考えごとをしていただけです。不起病についての変な噂を聞いたので」

「ああ、あれか。私が妃嬪のもとに行かぬから呪われているとかそういう」

凰駕はこれを一笑に付していた。しかし、瓔良はどうにも引っかかる。

「浮かない顔だな。そこまで気にしなくてもいいだろうに」

「……余才人が、凍龍陛下について話していたんです」

「凍龍陛下が妃嬪を遠ざけるのは、想い人がいるからではないか、と」

「ほう？」

凰駕の目が丸くなる。

真意はわからない。瓔良もそれを確かめるのが怖かった。

（でも……凍龍陛下が誰かを想っていたとしても、応援したい。たくさん守ってくれた凍龍陛下に、恩を返したい）

凰駕を好いたとしても、瓔良に待ち受けるは宦官という偽りの身分だ。偽りを解いたところで、牧人の娘である瓔良では釣り合わない。自分の立場は、よくわかっている。

「以前、凍龍陛下は女人が苦手ではなく、妃嬪を拒むのには理由があると仰っていました。その理由とは心に想う方がいるからなのだと考えています」

瓔良は無理やりに口角を上げた。恩を返したい。その一心で微笑む。

「だ、だから！　わたしは凍龍陛下を応援しています」

告げた声は震えていた。それでも隠してしゃべり続けるしかない。

「好きな人がいるのに妃宮に渡るなんてつらいですよね。ならば、いっそのこと男色の皇帝として話を作ってしまうのはどうでしょう⁉」

「………………」

鳳駕はなにも告げない。どんな表情をしているのか、目を合わせられぬまま瓔良は空元気でしゃべる。

「宦官と仲のよい姿を見ていたら妃嬪の皆さんも諦めるかもしれません。凍龍陛下が想っている方にはそれが演技だと伝えればよいですし。もちろん協力します。わたしがだめなら典符でも――」

「名案だな」

遮るようなひと声。同時にふらりと鳳駕が立ち上がった。

「私が宦官に迫っているのを見れば、妃嬪も諦めるかもしれない。よい案だ」

そこでようやく、瓔良は鳳駕と視線を交わした。

（お、怒っている!?）

眉間にぐっと皺が寄り、傍目に見てもわかるほど鳳駕は苛立っていた。しかし口元は怪しげににたりと弧を描く。その笑みが意図するものを探ろうとするも間に合わず、鳳駕がこちらに迫る。

「では、試してみるか」

その言葉と同時に瓔良の視界がぐるりと揺れた。どすん、と柔らかな音がし、瓔良の体が牀榻に埋もれる。

視界には居室の天井と鳳駕しか映っていない。彼の長い髪が垂れて、瓔良の頬をかすめた。

「お前を愛でていれば皆が諦めるかもしれぬな」

「あ、あのっ……こ、これは近すぎるのでは……」

「協力してくれるのだろう？　遠慮なく、お前と仲良くさせてもらうが」

確かに言ったものの、この展開は想像していなかった。

肌にかかる吐息と甘い声。相手が凰駕だと思えば、なおさらに羞恥心が込み上げてくる。顔は一瞬にして赤くなり、心音は大騒ぎで鳴り響いている。

「と、凍龍陛下……」

牀榻に押しつけられ、逃げ場を塞がれたこの距離では、凰駕しか見えない。

誤解したくなる。瞼を伏せれば秘めたる感情に流されてしまいそうだ。

こらえるように開いた瓔良の瞳は切なさに潤んでいる。

（どうしよう。でも、わたしは宦官だから……女人だけど宦官だから……これは……）

からかっているだけだとわかっているのに。

その眼差しに熱を秘めていたらいい。この距離が特別であればいい。

期待してしまう心を、いつもの呪文で封じる。

「わたしは……宦官です」

口にしてみれば驚くほどに覇気のない声だった。

それは凰駕に届き、彼の中のなにかを動かしたのだろう。

「……そうだな」

ため息が混ざるようなひと言を残し、凰駕は身を起こした。迫られていた時の閉塞感はなくなり、居室の広さが寂しいほどに伝わってくる。

凰駕はもとの椅子に戻り、腰掛けている。なにを考えているのか、長い髪をかき上げて額を押さえ、じっと床を睨んでいた。

(からかっただけ、と笑ってくれない)

黙り込み思考の海に沈む凰駕の反応が、なぜか引っかかった。なにか苦しいものを抱え、戦っているようにも見える。

「……瓔良」

名を呼ばれた。しかし凰駕はこちらと視線を合わせずに問う。

「私が妃嬪と共に過ごせば、お前はどう思う？」

問いかけは棘となって瓔良の心に刺さり、足先から冷えていく。

(凍龍陛下が妃嬪のもとに行ったら……嫌だ)

悩まずとも、瓔良の中で答えは出ていた。

凰駕が誰かと共に過ごすのは嫌だ。行ってほしくない。しかしこれは、女人としての瓔良の願いである。

（でもわたしは宦官だから）

女人としての心を封じる。瓔良は短く息を吸い込んだ。

答えなんて探さなくてもわかっている。宦官が出す答えは、ひとつだけだ。

「よいと思います」

口にしてみれば、それは淡々とした音をしていた。

感情を凍らせて紡ぐ、嘘。

顔を合わせれば嘘だと気づかれてしまいそうで、瓔良は顔を逸らした。だから凰駕がどんな表情をしていたのか、もう確かめることはできなかった。

「わかった。参考にしよう」

乾いた声。冷えた言葉を残して、凰駕が去っていく。

ひとりになれば寂寥《せきりょう》が生じて、居室ががらんと広くなったように感じる。頭に残るのは、凰駕の声だけ。

（わたしは……宦官だから）

その呪文を心で唱え、膝を抱える。噛みしめた唇は切ない味をしていた。

＊＊＊

翌日から、後宮の空気は変わっていた。

瓔良がそれを知ったのは、典符と顔を合わせた時である。彼は瓔良を見るなり駆けてきて、挨拶もなしに告げた。

「瓔良、聞いた？　凍龍陛下の話！」

「え？　なにも……知らないけど」

瓔良の頭には昨日の出来事があった。あれ以来、凰駕と会っていない。顔を合わせて普段通りにできるかと悩んでいたほどだ。

「いよいよ凍龍陛下のお渡りがあるんじゃないかって話が出ているんだよ」

「お渡り……？」

「これまでずっと独り寝の凍龍陛下って呼ばれていたからね。確かにここ最近は季獣省に来てばかりだったからなあ。でもついに、妃嬪に興味を持ったのかもしれないね」

典符は聞いたばかりの重大情報を瓔良と共有したかったのだろう。典符にとって凰駕は季獣省でよく会う人物なだけに、今回の話が驚きだったのかもしれない。

しかし瓔良は違った。頭をがつんと叩かれたような、そんな衝撃を受けていた。相づちひとつ、打てないほどに。

（凍龍陛下が……妃嬪のもとに行く……）

子孫を残すのは皇帝の務めであり、独り寝を選び続けている状況は異常ともいえる。

それは理解しているというのに、言いようのない喪失感が心を占めていた。凰駕が妃嬪と共にいる。隣に妃嬪がいる。それを考えるだけで苦しくなる。

「不起病は呪いだって噂されているから凍龍陛下も無視できなくなったのかもしれないね。芮大人が声をかけて相当な数の進言が集まっているみたいだよ。お渡りがあるならば芮貴妃じゃないかって……璎良？　聞いてる？」

璎良はもう、返事もできなかった。

「璎良!?」

これ以上、典符の話を聞けず、璎良は駆け出していた。自分の気持ちを整理するよりも先に、逃げ出したい衝動が勝る。

（どうしよう。胸が苦しい）

縋《すが》るように、袍をぎゅっと握りしめる。不安をかき立てるように心音が急き、頭もくらくらとする。

冬の風の冷たさも感じない。璎良はひたすらに駆けて季獣省を離れ、妃宮が並ぶ一角に向かっていた。

悲しくて、苦しくて、叫びたくて――その感情はもう抑えられなかった。

「あ……あれ……」

頬を伝う熱いものに気づき、璎良は足を止めた。滲んだ視界からこぼれ落ちる涙は止まらない。

「どうして、わたし、泣いて……」

胸に生じている気持ちが止められないのと同じように、涙も溢れていく。

凰駕が他の人と共にいる。それを思い浮かべるだけでこんなにも苦しくなる。逃げ出したいほど、この場所がつらくなる。

（やっぱり、凍龍陛下が好きだ）

大きく膨らんだ感情を、もう見ぬふりはできなかった。

（わたしは宦官。だけど、どうしようもないぐらい凍龍陛下が好きで、止められない）

璎良が凰駕と出会えたのは、偽りの宦官であるがゆえだ。立場を考えれば諦めるしかないというのに、会うたびに期待をして心がかき乱される。

宦官の目線であれば、凰駕が妃宮に渡るのは喜ばしいはずだ。後宮に集められた妃嬪は凍龍国の皇帝である彼にふさわしい娘ばかりで、なんの問題もない。想い人のために独り寝を続けた凰駕がついに決断したのだから、彼を讃えるのが宦官としての正しい姿だろう。

（いま、凍龍陛下に会いたくない。きっと泣いてしまう）

こんなにも好きになるぐらいに凰駕は優しい人なのだ。璎良が泣けば心配するだろう。だからこんな表情を彼に見せられない。

瓔良は眦に残った涙を拭い、短く息を吸い込んだ。

（冷静になろう。叶わない恋だから諦めて、せめて凍龍陛下の力にはなれるように）

思い浮かぶは、春龍の件を解決することだ。できれば異能を隠すすべについても手がかりを得たいが、喫緊の課題は春龍が不起病から目覚めて、この国に春を招くことである。

それらが片付くと、瓔良は季獣省から離れる。凰駕と離れれば、胸に秘めたる哀れな恋心も諦めるだろう。

（凍龍陛下になるべく会わないようにして、春龍様の件を調べよう）

頭が冷えたところで瓔良は立ち上がる。しかし、すぐには動けなかった。

瓔良がいたのは低木が並ぶ道の外れだったが、低木の向こうに人がいた。夢中で駆けるうちに芮貴妃が賜る宮近くまで来ていたらしく、人影は宮から出てきた妃嬪だった。

幸いにも妃嬪は瓔良に気づいていなかったが、今出ていけば泣きはらした顔を見られてしまう。仕方なく身を潜め、妃嬪が去るのを待った。

（……なかなか、いなくならないな）

不思議なことに、芮貴妃の宮から続々と妃嬪が出てくるのだが、全員がわずかな宮女を従えるのみで、それぞれの表情は優れず強張っていた。

（そういえば余才人も、芮貴妃と顔を合わせた時は緊張していた）

あの時の余才人と同じように、妃嬪たちはなにかに怯え、緊張した様子だ。当の芮貴妃はというと姿が見当たらない。

現在の後宮の最上位にあたる妃嬪は芮貴妃だが、それにしては皆が怖がりすぎている。そこまで芮貴妃を恐れる要素が瓔良にはわからない。妃嬪の目線になると異なるのかもしれないが。

（余才人と話がしたい）

余才人が捕らわれた日から、瓔良は彼女と会っていない。凰駕や仁耀は顔を合わせているが情報は得られていない。だが瓔良の言葉なら、余才人の頑なな心に届くかもしれない。

そう考えているうちに妃嬪らは去り、芮貴妃の宮は静かになった。周囲に人がいないのを確かめてから、瓔良は動き出した。

「急に逃げ出したと典符から聞きましてね」

季獣省に戻った瓔良を待っていたのは、額に青筋を浮かべる仁耀だ。事の次第を典符から聞いたらしく、門の前で待ちかまえていた。

感情に揺さぶられたとはいえ立派な職務放棄である。怒られて当然だ。

「不用意に季獣省から出てはいけないと話していたでしょう」

「すみません。以後気をつけます」

「頼みますよ。では、戻りましょうか」

深く追及されなかったことに安堵し、仁耀と並んで歩く。

瓔良としては仁耀と話せるのはちょうどよかった。余才人と話したいのだが、今までのように凰駕に相談はできず、頼れるのは仁耀しかいなかった。

「あの……仁耀殿にお願いがあるのですが」

「なんでしょう。面倒ごとはやめてくださいね」

「余才人と話をさせてほしいのです」

おずおずと告げると、仁耀が足を止めた。眉根を寄せ、訝しんでいる。誤解をされぬよう瓔良は仔細を語った。

「先ほど、芮貴妃の宮に妃嬪が集まっているのを見て、それが気になっています。余才人も芮貴妃には怯えていたので……だから直接、話を聞きたい」

「あなたと余才人は親しかったと聞いていますが、私では判断できかねます。凍龍陛下に相談し、同行をお願いした方が――」

「そ、それはできません！」

慌てて瓔良は叫ぶ。仁耀の言う通りではあるが、瓔良としては凰駕と会う機会を減らしたかった。

「凍龍陛下には……その……あまり」

「なにかありましたか——おや。噂をすれば、ですね」

仁耀の問いかけは不自然に止まった。その視線を追えば、瓔良にも理由がわかった。

中庭に凰駕がいる。距離があるため凰駕はこちらに気づいていない。

(あ、会いたくない!)

咄嗟に気まずさが込み上げ、瓔良は仁耀の背に隠れた。仁耀が訝しんで足を止める。

「なぜ隠れるのですか?」

「今は会いたくないんです」

面倒だとばかりに仁耀が大きなため息をつく。しかし立ち止まっていることから、このまま瓔良を隠してくれるのだろう。

そのやりとりをしているうちに、凰駕は去ってしまった。なにかを探しているのか急いた足取りだ。

「凍龍陛下はいなくなりましたよ。まったく私を巻き込まないでもらいたいですね」

仁耀は呆れているが、瓔良は安堵していた。

この状態で凰駕に会うのは怖い。季獣省にいる限り完全には避けられないとしても、顔を合わせる回数は減らしたいところだ。

「凍龍陛下と喧嘩《けんか》でもしましたか？」

「う……喧嘩はしていませんが」

「ではどうしてです？」

ごまかそうとしてもすかさず追及が飛んでくる。仁耀の微笑みには、理由を語らなければ許さないという圧が含まれ、これには瓔良も諦めるしかなかった。

「……上手に嘘をつく自信がありません。女人であることを隠し、宦官として適切な振る舞いをしなければいけないのに、今はできそうにありません」

「宦官をやめたいということでしょうか」

「それは違います！　わたしは季獣省の仕事が大好きです。春龍様が眠りから目覚めるように力を尽したいと考えています。ただ……凍龍陛下と少し距離を置きたいだけです」

誤解されたくないと、瓔良は慌てて否定した。仁耀はしばし黙り込んでいたが、少しの間を置いた後に頷いた。

「まあ……理解はしました。余才人の件についても、私の方で動いてみましょう」

「ありがとうございます！」

仁耀に礼をしつつも、瓔良の胸中は少しばかり寂寥があった。

今までは凰駕に相談し、共に行動していた。頼れる者がそばにいるのは大きかったのだ。それが今回は、ひとりになるかもしれない。

（相談しない。ひとりで行動する……凍龍陛下に怒られそうだな）

凰駕の怒る姿が鮮明に想像できてしまう。それほどに好きだから、やはり離れた方がいい。

苦笑いをし、瓔良は凰駕とは異なる方向へと歩いていった。

＊＊＊

数日後。謹慎中の余才人の宮に、瓔良の姿があった。余才人は、以前に比べて随分と瘦せていた。爽やかな笑顔もなく、顔つきはどんよりと暗く、肌も青白い。

この段取りをつけたのは仁耀だ。宮から出られない余才人のため、瓔良が出向くことで話がまとまった。

「あなたが来ると聞いて、驚いたわ」

静かに切り出した余才人の声には、疲労が滲んでいる。

「どうせ異能について聞きに来たのでしょう？　検査の通りよ、わたしは異能なんて持っていないわ」

余才人はこれまでに何度も尋問を受けている。そのためか、瓔良が来た理由もそれだと考えているようだ。瓔良は首を横に振る。

「違います。わたしは、余才人の話を聞くためにここに来ました」

「わたしの……話？」

「あの日、余才人は泣いていました。涙に理由があるのなら、わたしはそれが知りたいです」

余才人は視線を泳がせていた。語ってよいのか、ためらっているのかもしれない。彼女の動かぬ唇を後押しするように、瓔良が続ける。

「余才人と初めて会った時、嫌がらせをされていたわたしに手巾を貸してくれました。あの優しさは忘れていません」

「……瓔良」

「わたしには、余才人がなにかに怯えているように見えました。だから……余才人を脅かすものがあるのなら、それを知りたいのです」

正直な、瓔良の気持ちだ。

余才人は弱々しい眼差しを瓔良に向けていた。

「わたしね、あなたと共に来た人が凍龍陛下だと知った時、裏切られたような気持ちになったの。だってひとりで来てとお願いしたのに、あなたは友人だといって他の人を連れてくるのだもの」

「……すみません」

「謝らなくていいわ。きっと凍龍陛下はあなたを心配していたのでしょうね。あなたが眠った後も、凍龍陛下はあなたのそばから離れなかったから」

余才人は小さく微笑んだ。

「あなたは不思議よ。宦官のくせに宦官らしくない。ひたむきで優しく、どんな問題事も解決してしまいそうな力強さがある。だから凍龍陛下もあなたと共に来たのでしょうね。太陽のように照らす、けれど自分が傷つくことに疎いかもしれないから」

「そうでしょうか。あんまり自覚はありませんが」

「きっとそうよ。わたしもあなたが心配だから。だけど、あなたになら話したくなる。あなたは眩しい光みたいなの。あなたに話せば、わたしを助けてくれるかもしれないって期待してしまう」

余才人は瞳を閉じる。わずかな間を置いて、再び開いた瞳には彼女の覚悟が宿っていた。

「不起病はわたしのせい。わたしが眠の異能を使ったの」

これまで頑なに否定していたものを、ついに余才人は認めた。

余才人の異能を知った時から不起病の原因も見当がついていたが、気になるのは異能検査にて見つからなかったことだ。

「この異能は恐ろしいの。解くすべがないのよ。わたしが上手に扱えないだけかもしれないけれど」

「解くすべが……ない……では、今眠りについている者たちは」

「申し訳ないけれど、わたしではどうすることもできない」

春龍の話から想定はしていたが、改めて語られると悲観的な状況だ。この国にとっては春龍の眠りを覚ますことが最重要である。このままでは春が来ない。

しかし嘆いている場合ではない。余才人が語る中から、手がかりを得なければ。

「検査では、異能を持たないと判断されていたはずです」

「わたしの異能は人に害を与えるから、本来は入宮できない。けれど、お父様がある方と契約をして、わたしの異能は隠されていた。だから後宮に入れたの」

「異能を隠す……そんなすべがあるのですか？」

「あるわ。わたしや蔣淑妃のように、異能を持つ妃嬪たちは、みんなあの方のお世話になっている」

余才人の手は震えていた。覚悟を決めたとはいえ、その秘密を明かすのは恐ろしいのだろう。

「でもあの方の力を頼ると、その分の代償を払わなければならないの。後宮に入っても、わたしは呼びつけられる。気に入らない娘がいれば、異能を使って眠らせろと命じてくる」

余才人は震える手で顔を覆った。こらえきれず泣き出し、顔を覆う指の隙間からぼたぼたと涙が落ちている。

「わたしだって、嫌だった！　璎良にかけろと命じられた時は、何度も嫌だと抗ったわ。けれど許してくれなかったの。お気に入りの宦官が眠れば、今度こそ凍龍陛下は妃嬪に目を向けるかもしれない。不起病を理由に、凍龍陛下が妃嬪のもとを訪れるかもしれないって」

「それを命じたのは……誰ですか？」

その問いかけは核心に向けて手を伸ばすもの。

余才人は璎良の問いかけを受け入れ、短く息を吸い込む。

「わたしに命じたのは――」


余才人の宮を出た璎良は、急ぎ季獣省を目指していた。

余才人が語ったのは、凰駕を避けようという意思も吹き飛ぶほど恐ろしい内容だ。

これほど巧妙に悪意が張り巡らされているとは想像もしていなかった。

（このことを凍龍陛下に伝えないと。もしも妃宮に渡ってしまったら――）

一心不乱に駆け、とにかく凰駕に話すことだけを考えていたのだ。そのため璎良は周囲の状況に気づいていなかった。

突如、頭に強い痛みが走る。

「う……」

がつんと強く叩かれたような衝撃がして、くらりと視界が揺れた。痺《しび》れたように体が重たくなり、力が入らない。

瓔良はその場に倒れ込んだ。起き上がれず、視界も重たくなっていく。

「捕まえましたよ」

視界の端に人が映り込む。宦官の袍だ。おそらく内侍省の宦官だろう。

「凍龍陛下の周りをうろつかれては困りますので」

その言葉を最後に、瓔良の意識は落ちた。

間章　一途なる男が悔やむ時

話は瓔良が凍龍陛下を避けた日に遡る。

夕陽が沈んで夜の闇が支配する刻限、冬凰駕は凍龍の祠にいた。凍龍を撫でながらも彼はひたすらに待っている。

少々経って、その人物はやってきた。

「お待たせしました」

現れたのは範仁耀だ。仁耀は近づくなり、凰駕の表情を確かめて、ふっと小さく笑う。

「やはり落ち込んでらっしゃるようですね」

「そりゃ、あのように避けられてはな」

気鬱を隠す気はさらさらなかったので、凰駕は深くため息をついた。

この数日ほど凰駕の心は沈んでいる。というのも、瓔良に避けられているのが原因だ。

「反省すべきでしょう。凍龍陛下は瓔良の心を弄びすぎたのですよ」

これらの話は仁耀にも共有している。凰駕としては誰かに相談し、意見を得たかったのだ。だが仁耀の反応は今日と同じく、凰駕を責めるものばかり。

「やりすぎたと反省はしている。だが、瓔良に誤解されていると気づいた時には、頭に血がのぼった」

女人が苦手であるという誤解は解けたものの、瓔良の思考は凰駕の想像よりも斜め上に進んでしまった。

「他に想い人がいると考え、協力するなどと言われたら……止められないだろう」

「止めないとだめですよ」

凰駕としては真剣に悩んでいるのだが、仁耀は愉快とばかりにすかさず言葉を返してくる。

結局、凰駕は瓔良に避けられてしまった。謝るために瓔良を捜したものの、凰駕が見たのはこそこそと仁耀の背に隠れる瓔良だ。声をかけるか悩んだが、仁耀の表情が険しかったため凰駕は気づかぬふりをして離れた。

「それで、瓔良はなにか言っていたか？」

「凍龍陛下と距離を置きたいそうです」

「……そうか」

嫌われたのだろうと覚悟はしていたが、改めて聞くと心がずんと重たくなる。

やっと、瓔良に会えたというのに。なぜあの日、冷静でいられなかったのかと悔やむばかりだ。

凰駕の沈んだ表情に気づいたのか、凍龍が身を起こした。慰めるように凰駕の手に頬をすり寄せている。

「……すまない。私は大丈夫だ」

宥めるように告げ、凍龍を撫でる。

璎良にいつ嫌われるか。璎良と離れる日が来る。わかっていたつもりだ。本来であれば秋虎の件が片付いた時に、璎良とは離れる定めだったのだ。

それでも欲が出る。もっと璎良と言葉を交わし、彼女の隣にいたかった。できることならずっと、そばにいてほしい。

自分が皇家の生まれでなければ、宮城など関係なく共にいられたのだろうか。

「凍龍陛下、この世の終わりみたいな顔をしないでください」

仁耀が苦笑いをしている。

「妃宮に渡ると噂が出ていますが、やはり芮貴妃のもとへ?」

「そうだな。芮貴妃であれば、芮大人も文句は言わぬだろう。私は乗り気ではないが」

この噂について聞かれるのは何度目になるか。凰駕は内心でうんざりしていた。外廷でも後宮でも、凰駕と会うたびにさまざまな者が聞いてくる。

しかし、仁耀の反応は、凰駕の想像と異なっていた。彼は険しい表情をし、なにか考えている。

「どうした。気になることがあったか」

「璎良が、芮貴妃の宮に妃嬪が集まっているのを目撃しています。そして余才人が芮貴妃に怯えた様子だったとも」

芮貴妃は他の妃嬪からも慕われていると聞く。皆が彼女のもとを尋ねるのに違和感はないが、余才人の反応は引っかかるものがある。

「余才人と話がしたいと、瓔良が話していました」

「確かに瓔良であれば余才人も語るかもしれぬ。だが、前のように襲われるかもしれない。私が――」

私がついていくと言いかけて、凰駕ははっとした。

もしも瓔良が凰駕を避けていなければ、瓔良はこの件について凰駕に相談しただろう。だが彼女が選んだのは仁耀だった。

（私はそこまで嫌われてしまったのか）

頼りにされていると自負していたが、それは一瞬のあやまちで崩れてしまった。

凰駕はうなだれた。瓔良が心配だが、それを口にできる立場にない。彼女に信頼されていないのだから。

「わかった。その件は、仁耀が進めてくれ」

「よいのですか？　おそらく、彼女ひとりで余才人の宮に向かうことになりますが」

物を申せる立場ではない。嫌われてしまったのだから。

凰駕はなにも言わず、仁耀に背を向けた。凍龍の祠に響く足音は、心なしか寂しいものだった。

＊＊＊

その後から凰駕が季獣省にいる時間は目に見えて短くなった。凍龍のために日参しても他に立ち寄らず、季獣省を去る。凰駕もまた、瓔良に会うのを恐れていたのだ。もしも顔を合わせ、拒絶の表情を目の当たりにしてしまえば、きっと立ち直れなくなる。

（瓔良に嫌われた。それだけで、こんなにも毎日がつまらなくなるとは）

気を抜けばため息ばかりだ。この気鬱はなかなか晴れてくれない。

今日は瓔良が余才人のもとを尋ねると聞いていた。余才人とどのような話をしたのかは気になるところで、仁耀から聞き出すつもりであった。

彼女に会わぬよう夕刻を狙って季獣省を尋ねる。

だが季獣省は騒然としていた。ばたばたと宦官が走り回っている。唐草色の袍は季獣省内に留まらず、後宮にも駆けていくように見えた。

何事かと見回していると、遠くに仁耀がいた。凰駕は急ぎ仁耀のもとに向かう。

「凍龍陛下、よいところに」

仁耀は礼をすることも忘れるほどに慌てていた。

「なにがあった？」

「瓔良が戻ってきません」

なにかが起きたとは察していたが、その口から語られた名に、凰駕の瞳が丸くなった。

「余才人にも確かめましたが、瓔良は話を終えて宮を出たそうです。念のため宮内も捜しましたが怪しい箇所はありませんでした。今は手分けをして、後宮内を捜しています」

気づかぬうちに、凰駕は自らの唇を噛んでいた。爪痕が食い込むほど、強く手を握りしめていたが、その痛みもわからぬほどに苛立っていた。

（だからひとりで行動するなと言ったのに）

瓔良が余才人の宮を出てから季獣省に戻るまでの間に、なにかが起きたのだ。瓔良のそばにいられなかったことが悔しくてたまらない。

「くっ……私がいれば防げたかもしれぬのに」

避けられているからと理由をつけ、瓔良のそばを離れてしまった。今さら悔やんだとて遅い。

「私も瓔良を捜そう。今すぐ後宮を――」

「お待ちください」

捜しに行こうと足を踏み出すも、すかさず仁耀の声に止められた。

「凍龍陛下は動いてはなりません。表だって動けば騒ぎになります。それに……」

言葉が途切れたのは、口にしてよいものかと悩んだためだろう。仁耀の表情は一瞬ほど曇り、それからゆるゆると呟いた。

「瓔良が、望んでいるかわかりません」

結局、凰駕は動けずに、季獣省内で報告を待つのみとなった。

刻限は夜から朝へと変わり、瓔良のいない季獣省に陽の光が差し込んでいる。宦官や衛士は総出で瓔良を捜したが、よい報告は得られなかった。

瓔良は後宮内にいない可能性が高いと考えられていた。なれば宮城の外、捜索範囲を広げなければならない。

(どうか、無事であってくれ)

凰駕は凍龍の祠にいた。瓔良のことを考えれば寝つけず、ずっと凍龍のそばにいたのだ。

凍龍もこの事態を察していたのだろう。心配して落ち着かぬ様子で、凰駕のそばに寄り添っていた。凍龍の優しさに感謝するようにその頭を撫でながら、凰駕はひとりごちる。

「もっと嫌われてでもよいから、璎良のそばにいればよかった」

ひとりで行くなと璎良に声をかければよかった。余才人の宮についていけばよかった。これ以上嫌われたくないと恐れてしまったがゆえに、この事態を招いてしまった。

「璎良が好きだ。他の者ではどうしようもない。璎良でなければだめなんだ」

この世から彼女が失われてしまったら……。想像するだけで胸が苦しくなる。彼女を失って生きていけるだろうか。

はじめは、璎良に会えればよいと思っていた。璎良と会えるなら、胸のうちにある淡い初恋を捨て、この国のために身を捧ぐと決めていた。

宦官のふりをするという無理強いをさせたことは申し訳ないが、凰駕にとって璎良と共にいた日々は幸福だった。

「近くにいればいるほど夢中になる。手放せなくなるほど、私は璎良が好きだ」

叶うならば、これは独り言ではなく、璎良に伝えたかった。

これを聞いた璎良はどう答えただろう。宦官と偽らせた凰駕に怒るのか、皇帝でありながら妃嬪ではない者を愛してしまった凰駕に呆れるのか。今となってはその反応も得られない。

「私は……璎良を失いたくない。助けたい」

姿はなくとも、彼女の命はまだ繋がっているのだと信じたい。そうであるのならば、助けに行きたい。

その呟きは凍龍の祠に響き、冷えた空気に呑み込まれて、静かになる。

だが、うなだれた凰駕の視界に入ったのは一枚の薄桃色の龍鱗だった。凍龍のものではない。はっとして凰駕は顔を上げる。

「今のは……」

『凍龍の名代よ。聞こえているな？』

初めて聞く声。だが視界にあるのは凍龍のみ。では誰が――そこまで考え、凰駕は気づく。瓔良が耳にしていたという春龍の声だ。

「春龍だな？」

『我はそなたと縁を紡いでいない。声を届けるには多くの力がいる。時間がないから用件のみ話すぞ』

春龍は急いた口調で続ける。

『おぬしは本当にあの娘を愛する覚悟があるか？』

「ある」

『だが、宦官として偽らせたのはおぬしだろう。瓔良を苦しめたのではないか？』

凰駕は少しばかり迷った。春龍の言う通り、瓔良を苦しめたのは凰駕だ。だが、この行動に後悔はない。

「苦しめたと自覚している。だがそれでも、私は瓔良に会いたかった。今も変わらず、瓔良のそばにいて守りたい」

『ふん……身勝手な名代だ』

返答には呆れと怒りが混じっているような気がした。しかし、次に聞こえた春龍の声は想像よりも優しいものだった。

『だが、自覚しているのは嫌いではないからな。瓔良を助けたいおぬしに、手を貸してやってもよい』

「では、瓔良の居場所を教えていただきたい」

『かまわん。急がねば、人の足では間に合わないぞ』

凰駕は凍龍を見上げる。凍龍もまた身を起こして宙に浮いていた。その表情には凍龍としての威厳が満ちている。判断を急かすように身を震わせ、氷晶が舞う。これまで長く共にしてきた凰駕の相棒だ。

「助けに行く！　凍龍、力を貸してくれ」

凍龍に手を伸ばす凰駕の耳に、春龍の声がぼそりと落ちた。

『頼むぞ。凍龍の名代よ』

四章　季獣省の男装宦官と凍龍

自分を囲むように氷の小さな粒が降り注ぎ、きらきらと光っている。

それは低速で落ちる雨のようで、さまざまな光を反射し、どこを見回しても煌めいている。

冷えた風も心地よく、この瞬間だけ別の世界にいるかのように美しい。

『光の中にいるみたい。どんな氷よりも、きれいだね』

自然と、その言葉が口から出ていた。

それを聞いて、瓔良はゆるゆると思い出していく。

（ああ……昔にそんなことがあった。典符を捜して山に入って迷子になった時だっけ）

幼い頃、典符はよくからかわれていた。その典符が山に行ったきり戻らず、瓔良は典符を捜しに山に入ったのだ。正義感に駆られて飛び込んだため、典符に会うどころか自分まで迷子になり、そしてこのきらきらと光るものを見ている。

（確か、蛇のような……不思議な生き物を助けた気がする）

道に迷い途方に暮れた瓔良が見つけたのは、不思議な生き物だった。氷のような色をし、うねうねと長い胴体にちょこんと小さな手足が生えている。

（蛇と名付けたけど、手足が生えているなら蛇じゃないよね）

弱っていたため異能を使って助けようとしたが、手をかざすだけでは足りなかった。

そのため瓔良が思いついたのは、自らの体を食ませること。

糧の異能は、その体に莫大《ばくだい》な生気を宿している。かつては供物として捧げられ、その体をあやかしが食んだのだと父から聞いていた。幼心にそれを試してみようとし、蛇の口を無理やり開いて自分の腕を食ませる。

(それで元気になって……この光を見せてもらったんだ)

腕を食んだ後、蛇らしき生き物はみるみると元気になった。

これについては現在の瓔良もわかっている。糧の異能にて効率よく力を送るには、手をかざすよりも唇を重ねたり腕を噛まれたりする方がよい。

しかしその分、瓔良は力を失う。みるみると力が抜けていくのだ。

幼い頃の瓔良もそうだった。蛇に力を送り、お礼のように煌めく景色を見せてもらった後、その場に倒れている。

(そう。倒れたんだ。それで……意識を失う前に……)

虚ろな意識の中、誰かの声を聞いた。

『ねえ、大丈夫？　起き上がれる？』

男の子の声だったような気がする。どんな会話をしたのかは、はっきりと覚えていない。けれど……。

(甘い物を食べたような)

なにかを食べた。いや、噛んだのだろうか。甘かった、と思う。甘いお菓子を食べるのとは違い、心が落ち着くものだった。

(それから名前を聞かれた。たぶん、瓔良と名前を教えた気がする)

そして、薄れゆく意識の中、その子の声を聞いたのだ。

『凍龍を助けてくれてありがとう』

凍龍。それを思い出し、気づく。あの蛇のような生き物は凍龍だったのではないか。

(まさか……わたしが助けたのが凍龍様なら)

あの男の子はどんな姿をしていただろう。朧《おぼろ》な記憶が恨めしくなる。

ぼんやりと蘇る青みがかった黒い髪。こちらを見つめて、穏やかに微笑んだ口元。

彼は凰駕によく似て——。


「いっ……た……」

どん、と強い痛みが体に走った。

痛みに呻《うめ》く声と共に瞳を開けば、辺りは雪化粧をした木々が並ぶ自然豊かな場所である。背に冷気が伝わり、じわじわと袍が濡れていく。雪の上に寝転がっているのだと瞬時に理解した。

瓔良は起き上がろうとするも、手が動かせない。なにかで固く縛られているらしい。視線だけを動かせば、無骨な荒縄が両手首に見える。

「目覚めてしまいましたか」

視界に映るのは、意識を失う直前に見た宦官だ。内侍省の宦官だろう。しかし宮城ではないからか装いは異なる。

瓔良は彼を睨めつけ、強い口調で告げた。

「これを解いて」

「申し訳ありませんが、それはできませんよ」

予想はしていたが、宦官は好意的ではないらしい。薄っぺらな笑みを浮かべ、瓔良を冷ややかに見下ろしている。

「ある方に頼まれていましてね。あなたがいるとよろしくないから、失踪してほしいと」

「失踪……」

「ええ。簡単ですよ。宮城に戻れないようにしてしまえばいいんですから」

するりと嫌な音が聞こえた。宦官が腰に佩いた刀を引き抜いたのだ。ぎらついた刃を瓔良に見せつけている。

「ここは龍宝山と言いましてね。遠方ですので来るのは苦労しましたが、その分宮城の者は来ない」

龍宝山。その名に覚えがある。

（確か……故郷の近くだ。昔、わたしが迷い込んだ場所）

言われてみれば辺りの景色は馴染みがある。遠くに望む山々は、故郷で見た山と同じ形をしている。

「この山は聖地として国の管理下に置かれているので、立ち入る人は少ない。まあ迷い込む人でもいれば別でしょうがね。だからここにひとつ遺体があったところで、簡単には見つかりませんよ」

「それで、わたしをここまで連れてきて、殺そうとしている？」

「ご明察です。殺してから連れてこようかとも考えたのですが――」

そこで宦官が刀を振るった。

咄嗟に瓔良は目をつむったが、痛みは生じない。風はかすめたのみで、切り裂いたのは瓔良ではなく、瓔良が着ていた袍だった。

「……気づいてしまったんですよね」

「――っ！」

切り裂かれた袍から見えるは、瓔良の素肌と胸元を締めつけるために巻いた布だ。

そのような位置に布を巻く宦官はいないため、正体を知ったのだろう。

瓔良は先ほどよりも強く、宦官を睨みつけた。正体を知られたのはもちろん、卑《ひ》怯《きょう》な顔をするこの者が許せなかった。

「まさかあなたが女人だとは。上手に隠していたものです」

「それを知って、どうしようというの」

「せっかくならば、あなたをいたぶってから殺そうと思います」

宦官は下卑た笑いを浮かべていた。そしてもう一度、瓔良に刀を向ける。

冬の光を反射した刃は、切れ味の良さを示すかのように怪しく光る。これより命を奪うのだと告げているようで恐ろしくなる。

殺される。命を奪われる。

血の気が引き、体が震えた。

(凍龍陛下に、会えなくなる)

この場面で頭に浮かぶのは凰駕の姿だった。

今頃、凰駕はどうしているだろう。こうなるのならば、凰駕を避けなければよかった。仁耀ではなく凰駕に相談していたら。

(ごめんなさい……)

視界が滲んだ。瞳から流れ落ちる涙には恐怖と後悔が混ざっている。

(どうせなら、好きだって伝えればよかった。わたしは女人だと明かしたかった)

打ち明けられずにいた隠しごとが悔やまれる。胸に秘めたまま死ぬぐらいなら、凰駕に伝えたかった。

今さら後悔しても遅い。言えなかった気持ちが涙となって流れていくだけだ。

「さて、この布を奪い、芮貴妃に送りましょうか。女人だったと伝えれば、きっと驚くでしょう」

璎良が怯えるのを楽しむかのように、刃がゆっくりと迫る。胸元を隠す布を少しずつ切り裂いていく。

「助けて……」

恐怖に掌握された心が悲鳴をあげている。璎良の唇は無意識のうちに彼の名を呼んでいた。

「凍龍陛下、助けて」

この声が本人に届くことはなく、真冬の山奥に溶けて消えるだけ。

そう、思っていた。

ちらちらと、白いものが降り注ぐ。雪だ。ひとつ降り注いだと思えば、瞬く間に勢いを増していく。

「うん……？」

急激な寒さ。そして吹きつける雪。

この異常な天候に気づき、宦官の動きが止まった。そして空を見上げようとした時、大きな影が璎良を覆った。

「なにをしている」

鼓膜を揺らす声。それは宦官ではなく頭上の大きな影から、聞こえた。

そこにいるのは水碧色の龍――凍龍だ。宙を泳いでいた龍身は、ぐるりと旋回するようにして瓔良の近くに降りてくる。

凍龍が地面に近づくと、その背から人が降りてきた。凰駕だ。髪は水碧色になり、瞳も金色に輝いている。

「貴様、なにをしている」

強い口調で、凰駕が言う。その矛先は宦官だ。

宦官は凍龍と凰駕の出現に驚き、刀を放り捨てて後退りをしていたが、凰駕に睨まれると萎縮し「ひいっ」と小さな悲鳴をあげた。

「私は、その……その者を聖地に……」

「言い訳をするな」

冷気を放ちながら、凰駕は距離を詰める。宦官は腰が抜けたらしくその場に座り込んでいたが、まだ諦めずにいた。震える指で瓔良を指さし告げる。

「で、ですが、私はその者の秘密を知っております！　その者は凍龍陛下を欺き――」

「黙れ」

凰駕が告げると同時に、雪が勢いを増す。瓔良の視界からは凰駕と宦官しか見えず、景色は猛吹雪に覆われてしまった。

「瓔良を傷つける者は、誰であろうと許さない」

雪を伴う、猛烈な風だ。それは一気に宦官を襲い、宦官の肌が青白くなっていく。まるで凍りついていくかのようだ。

意識を失ったのだろう、どさりと宦官が倒れた。

助かったのだ。凰駕が助けてくれた。

しかし喜ぶことはできなかった。宦官が倒れても、暴風は止まない。凰駕はまだ立ち尽くし、倒れた宦官を見下ろしている。

「凍龍陛下！」

声をかけるも、凰駕は振り返らない。

冷気は肌に突き刺さるかのようで、風の強さに息が苦しくなる。それでも瓔良はよろよろと歩を進める。

近づくも凰駕はこちらを一瞥もしなかった。宦官を睨めつける瞳は黄金に輝き、水碧色に変わった髪が凍りついているのか、ぱきぱきと不穏な音を鳴らしていた。

（凍龍陛下の異能が暴走している！）

咄嗟にそう感じた。

声をかけても気づかぬほど、怒りに我を忘れているのかもしれない。凰駕の瞳がさらに強く光る。真っ白な世界で目立つほど、金色に輝いている。

その向こうに凍龍がいた。その体は地に降りてはいるものの、痛みに耐えるかのように震えていた。

凰駕が使う異能は凍龍の力である。制御しきれず暴走しているため、凍龍も苦しんでいるのだろう。

（凍龍陛下を止めなきゃ……）

制止の手段を考える間はなかった。幸いにも宦官が放り捨てた刀が近くに落ちていた。それを使って手を拘束する縄を切ると、瓔良は持てる力を振り絞って凰駕のもとに駆けていく。

吹きつける雪も風も、痛みを感じなかった。凰駕に近づくほど寒く、指先は一瞬で冷えて感覚がなくなっていく。それでも凰駕を止めたい一心で進む。

「もう、大丈夫です」

その言葉と共に、凰駕の背に触れる。

冷えた体だ。瓔良を案じ、胸中にあった不安や怒りが彼の心を凍らせたのだろう。

それを温めるかのように、凰駕を抱きしめる。

「助けてくださってありがとうございます。だから、わたしが止めます」

瓔良は瞳を閉じ、念じる。

異能の暴走によって凍龍の力が失われていくのならば——その分を瓔良が埋めればいい。

(凍龍陛下に、わたしの力を)

強く、強く、願う。

凰駕を抱きしめる腕から、力を送り込む。

「凍龍陛下。わたしは無事です。だからもう、異能を使わないでください」

どうか凰駕の心に届きますように。そう信じて、語りかける。

「瓔良……？」

優しい声が、聞こえる。

叩きつけるような雪も、荒れ狂う風も、ぴたりとやんだ。

水碧色の髪はみるみると黒く戻っていき、振り返った彼の瞳から金色の輝きは失せていた。

「瓔良……無事、なのだな……」

正気を取り戻したらしい凰駕は身を屈め、生きていることを確かめるかのように震える指で瓔良の頬に触れる。瓔良はにっこりと微笑み、それに答えた。

「はい。無事です。凍龍陛下に助けていただきました」

その言葉を言い終えると同時に、強く引き寄せられた。

「お前が無事でよかった」

抱きしめられているが、凰駕の体は先ほどのように冷えてはいない。

瓔良も腕を回し、凰駕の胸に顔を埋める。凰駕に触れていると温かく、安心する。

「心配かけてすみません。やっぱりひとりで行動してはだめですね」

「まったくだ。お前が戻らぬと知った時から、生きた心地がしなかった」

「わたしも今回はだめかと思……い――」

ゆるゆると体の力が抜けていく。

この感覚はよく知っている。異能を使いすぎた時だ。

「瓔良!?」

「すみませ……ん……力を使いすぎた……かも」

瓔良はぐったりと、力なくうなだれる。

体は重たく、動かすのも億劫な上、異常な眠気で瞼が重たい。

「すぐに戻ろう。宮医に診てもらうか？」

「いえ……甘いものが……」

甘いものを食べれば、元気が出る。そう考えた時、瓔良の視界にあったのは凰駕の腕だった。

幼い頃のように、かぷりと腕に噛みつく。

（ああ、そうだ。やっぱりあの時に会ったのは――）

見上げた視界に揺れるは、青みがかった黒い髪。噛まれて驚く凰駕の表情は、幼い頃に出会った男の子と同じだ。

「覚えて……いたのか？」

先ほど思い出したのだが、薄らぐ意識によってうまく答えられなかった。その口が呟くのは、昔と同じ言葉。

「甘い、です」

＊＊＊

次に目覚めた時、視界にあったのはどこかの部屋の天井だった。

「あれ……わたし……」

ぼんやりとする頭で考える。

山に連れ去られたはずだが寒さは感じず、温かい。背にあるは地面の固さではなく、慣れた牀榻だ。

現在はどこにいるのだろうか。辺りを見回すべく体を起こす。

「起きたのか」

その声の方を見やると、牀榻のそばに引き寄せた椅子に腰掛ける凰駕がいた。

「わたしは山にいたはずじゃ……」

「安心しろ。ここは季獣省だ。私がお前を連れて帰ってきた」

季獣省と聞いて、瓔良はほっと息をつく。やはり慣れた場所が安心する。いつもの居室を見れば、帰ってこられたのだと実感が湧いた。

凰駕は立ち上がり、牀榻に腰を下ろす。それから瓔良の頭を優しく撫でた。

「感謝している。お前が止めてくれなかったら、私の異能は暴走したまま、凍龍もこの国も危うくなっていたかもしれない」

「お礼を言うのはわたしの方です。凍龍陛下に助けていただかなければ、今頃どうなっていたか」

思い返せば、絶望的な状況だった。遠い山奥に連れ去られ殺されかけていたのだ。向けられた刃のぎらついた光は、恐怖として頭に焼きついている。

そしてあの時、恐怖と同時にひどく後悔した。

もう二度と後悔したくない。瓔良は凰駕を見つめ、告げる。

「わたしは……凍龍陛下が好きです」

胸のうちに生じる感情を、言葉にする。

恥じらいはあるものの、早く凰駕に伝えてしまいたかった。好意を自覚するのはあ

れほどためらったというのに、口にすればすがすがしい心地になる。好きだと告げる
「ですが、わたしは凍龍陛下にも隠している秘密があります。好きだと告げる資格も
資格もないぐらいに、ひどい話かもしれません」

告げたら、凰駕はどんな反応をするだろう。怒るだろうか、それとも嘆くだろうか。

それでも後悔するよりは、楽になりたい。覚悟を決め、瓔良は続ける。

「わたしは宦官ではなく――」

女人です、と明かすことはできなかった。

柔らかな感触が瓔良の唇を塞ぎ、視界いっぱいに凰駕がいる。唇は隙間なく重ねられ、言葉を紡ぐ余裕はない。

唇が離れても、凰駕の瞳には瓔良が映っている。凰駕は優しく微笑んでいた。

「それより先は、私が言う」

隠しごとをしていたのは瓔良だけではない。凰駕もあると話していた。

「瓔良が宦官ではなく女人であることは知っていた」

「……え？　い、いつから」

「最初から知っていた。瓔良をここに呼ぶよう仁耀に頼み込んだのは私だからな」

予想外の言葉に瓔良の瞳が丸くなる。

同時にこれまでが思い返される。散々からかわれ『わたしは宦官です』と主張して

きたが、凰駕は瓔良の正体を知っていたのだ。

しかし合点がいく。身分調査や宦官の検査も行われず、すんなりと入省できたのはおかしいと思っていた。それほどこの国が危機に瀕しているのかと片付けていたが、裏で凰駕が絡んでいたのだ。池に落ちた時だって、凰駕はもとから瓔良が女人だと知ってあの反応をしていたのだろう。

「い、言ってくだされればよかったのに！」

「私だって早く伝えたかったが、できない事情があった。しかし、不器用なくせに正体を悟られぬよう嘘をつく姿は愛らしかった。ついからかってしまうほどにな」

「……恥ずかしすぎて消えてしまいたいです」

顔が熱くなっている自覚はじゅうぶんにある。凰駕の顔を直視できない。

「瓔良には負担をかけてしまった。だから、これを告げればお前に嫌われるだろうと思っていた」

「嫌いになりませんよ」

今日までの間、瓔良は自らの正体を伝えられずにいた。この関係が崩れてしまうかもしれないという恐怖を抱き、胸のうちに秘めて苦しむだけ。

それは瓔良だけではなく、凰駕も同じだった。凰駕だって、伝えたいが伝えられず苦しんでいた。隠しごとがあると打ち明けていたのも、そのためらいがあったからだろう。

「でも、どうして凍龍陛下がわたしを呼んだのでしょう？」

「私は幼い頃にお前と会っている。凍龍を助けてくれただろう？」

「あの時の子は、やはり凍龍陛下だったんですね」

「そうだ。あの日から、私はお前に恋をしていた」

凰駕は慈しむように瓔良の頭を撫でる。秘密を打ち明けたからなのか、その表情はすがすがしい。

「お前以外を愛したくないほど、忘れられなかったんだ。だから妃嬪のもとに行かず、独り寝を続けていた。そこで秋虎の一件があったからな、糧の異能を持つ瓔良をどうにかして呼びたいと仁耀に頼み込んでこの策を成した」

「でも……久しぶりにわたしに会って、幻滅はしませんでした？」

ふたりが出会ってから再会まで、長い期間が空く。記憶の中の瓔良と違ったと驚くのではないかと心配になっての問いかけだった。

しかし凰駕は笑っていた。瓔良がそのような問いかけをすると思っていなかったのだろう。

「もっと愛おしくなった。お前を一生そばに置きたい。宦官ではなく妃として隣にいる日まで、お前を手放したくない」

「妃……って、わ、わたしが!?」

「そうだ。できるなら宦官ではなく妃嬪としてお前を呼びたかったからな」

悔しさを噛み殺したような声だ。宦官として呼ぶ結果になったことを凰駕は悔いているのだろう。

「後宮にいる妃嬪の全員が私を慕っているわけではない。家門繁栄のためにやってきた者がほとんどだ。それがゆえに、私の寵愛を得ようとしている」

余才人も妃嬪になりたくなかったと話していた。それぞれの家のために、意思と無関係に入宮させられた娘は多いに違いない。

「私が妃嬪のもとに行けばよいのだろうが、それはしたくない。私のわがままゆえに、後宮の寵愛争いは激化し、さまざまな謀りが生じた」

蔣淑妃の件もそのひとつである。凰駕の関心を引こうと美を追求するあまり、異能を用いて秋虎の力を奪っていた。それを思い出し、瓔良は俯く。

「そんな中で私がお前を呼べば注目を集めるだろう。寵愛を妬み、お前を害する者がいるかもしれない。だが、宦官であれば妃嬪が妬まない。正体を知るのは季獣省の者に徹底し、私でさえ知らないことにする。そうなればこの情報は外に漏れず、お前を守れる」

「あ……確かに。でも、宦官をかまう男色の皇帝と噂はされていましたけど」

「私はどのような噂をされてもかまわん。お前に誤解されなければよい」

凰駕はさほど気にしていないらしく、一笑に付した。そして、改めて瓔良と向き合うと真剣な顔つきになり、まっすぐに瓔良を見つめて告げた。

「まだ不起病も解決せず、春龍も目覚めていない。だがこれが片付けば、私は瓔良を妃として迎えたい。私は瓔良が好きだ。瓔良以外を愛するなどできない」

瓔良もまた、凰駕を見つめる。

（凍龍陛下の……妃……）

蒋淑妃のような美しさも、芮貴妃のような品の良さもなく、家柄もしがない牧人の娘である。皇帝の妃にふさわしい要素はなにひとつ見つからない。

だが、ここには瓔良を一途に想い続けた人がいる。危機から守り続けてくれた、心優しい、大好きな人だ。

「わたしも、凍龍陛下のそばにいたいです」

答えは決まっている。瓔良も、凰駕から離れたくない。ずっとそばにいたい。

その言葉を聞き、凰駕は表情を緩めて息をついた。

「よかった。断られてしまえば私の心は千切れてしまっていたかもしれない。異能が暴走していたかもしれんな」

「暴走はやめてください！　でもまたわたしの異能……で……ん？」

言いかけて、気づく。

凰駕の異能が暴走し、それを止めたのは璎良の異能だった。

（糧の異能で力を送り込んで……暴走を止めた。そして、元気になる……？）

秋虎の時は異能を使って力を送り、体調がよくなったのを確かめている。

（異能によって不起病で眠りについても、目覚めるかもしれない）

その答えに至り、璎良は顔を上げた。思いついたならすぐに行動したい。

「凍龍陛下！　よい策があります」

凰駕にずいと顔を寄せる。凰駕の返答を待たず、勢いよく告げた。

「いますぐ、わたしを凍龍陛下の妃にしてください！」

＊＊＊

数日後の季獣省は慌ただしかった。

「荊璎良を出してちょうだい！」

事前の断りなく、大勢の宮女を引き連れてやってきたのは芮貴妃である。季獣省に来るなり声を荒らげている。

これを聞きつけ駆けつけたのが仁耀だった。突然の訪問に驚きながらも慇懃《いんぎん》な態度で接する。

「これはこれは芮貴妃。なにかありましたか？」

「荊瓔良を呼んで。これは大変な事態よ」

「荊瓔良……覚えのない名ですね」

仁耀は首を傾げている。その仕草は芮貴妃をさらに苛立たせた。

「嘘をつかないでちょうだい！　瓔良がいたのをわたくしは知っているのよ」

「そう仰っても……」

困惑している仁耀のもとにやってきたのは、凰駕だ。季獣省の喧騒を疎んじているらしく、眉間に皺を寄せている。

「なにを騒いでいる」

「……っ、凍龍陛下！　お久しゅうございます」

先ほどの声音とは一転、険が取れて柔らかい顔をし、芮貴妃は礼をする。

「凍龍陛下がいらしていたとは。でもちょうどよかった。お耳に入れたき話がございますわ」

芮貴妃はちらりと凍龍陛下を見上げる。そして季獣省にいる者たちに聞こえるよう、高らかに告げた。

「季獣省宦官の荊瓔良は女人でございます」

「……なに？」

「女人であることを隠し、宦官として潜んでいたのでございます。凍龍陛下に取り入ろうとしていたのかもしれませんわね。凍龍陛下を欺くとはなんたる不届き者かしら」

季獣省はしんと静かだった。従えてきた宮女たちに驚きはなく、事の次第を見守ろうとにやついた顔をしている。

その場にいる者たちが凰駕を注視し、彼の反応を窺っている。

「……知らぬな」

だが、凰駕はそっけなく言い放った。

「そのような宦官は知らぬ。芮貴妃の間違いではないのか？」

「な……！　そのようなことはございません。凍龍陛下とよく行動を共にしていた季獣省宦官の――」

「芮貴妃よ」

騒々しい声をかき消すように名を呼び、凰駕は歩を進める。

「気になるのならば来るといい」

その先には朱大門があり、春龍が待つ祠に続いている。芮貴妃は宮女たちを朱大門に残すと、凰駕の後に続く。

「凍龍陛下。この先になにがあるのです？　春龍様は眠りについていると聞きましたけど」

「なかなか面白いものが見られるぞ。芮貴妃も気に入るはずだ」

祠は最奥。しかしいるのは不起病に罹り眠り続ける春龍だ。

だが、春龍の方を見やる芮貴妃の動きは止まっていた。

視線の先にあるのは、春龍の前にいるひとりの娘だ。

水碧色の襦裙を纏った、髪の長い娘。白銀色の被帛には氷を模した刺繍が艶めく銀糸で施され、祠の光を映し取ってきらきらと輝いていた。

娘は春龍に向かい、こちらには背を向けているため顔はわからない。凰駕や芮貴妃が来ても振り返る様子はなかった。

「そういえば、芮大人は芮貴妃の父だったな」

凰駕は、春龍の前にいる娘を気にかける素振りもなく、芮貴妃に切り出す。

「先日は苦労したぞ。不起病は呪いであるから、私が妃嬪のもとに渡るべきだとしつこく進言してくる。その上、この妃嬪はふさわしくないだのとけちをつけ始めてな、最後まで聞いていれば芮貴妃以外の妃嬪を貶していった」

「……お話とは、父のことでしょうか」

「いや違う。では本題に入ろう」

凰駕が手をあげる。それを合図に、典符が拘束した宦官を連れてきた。瓔良を攫《さら》った内侍省の宦官だ。彼を見るなり、芮貴妃の表情が変わる。

「芮貴妃よ。この者の顔に見覚えはあるか？」

「……し、知りません」

上擦った声で否定するも、凰駕はそれを真に受けていなかった。

「この者はどうも妃嬪に肩入れをしていたらしい。ある者を攫って殺そうとしていたが……生かして泳がせれば、さっそく報告をしたらしいな」

芮貴妃は顔を背けている。しかし、瓔良が女人であると芮貴妃が情報を得たのは、この宦官からだろう。

彼は、凰駕の異能を受けて意識を失っていたが、幸いにも命は落とさなかった。宮城に連れて帰った後は、捕らえずそのまま監視していたのだ。

「この宦官は、芮大人と契約をしていたらしい」

凰駕が一歩踏み出し、問う。

『隠《いん》』の異能というものがあるそうだ。この異能は珍しく、異能を隠すことができる。異能を持つ者に使えば、異能を持っていないかのように見せられるそうだ」

「なぜ、わたくしに聞くのです。わたくしは異能を使えません。入宮前の異能検査でもそのように――」

「ならば、聞いてみよう。仁耀、妃嬪たちを連れてこい」

芮貴妃の反応は想定通りだった。そのため、言い逃れができぬよう証人も用意してある。

仁耀は手はず通りに妃嬪らを連れてきた。余才人を先頭に現れた妃嬪らを見るなり、芮貴妃の顔色が変わった。

「ど、どうして……」

現れたのは、炎充儀をはじめとする不起病を患った妃嬪たちだ。目覚めぬ眠りのはずが、瞳を開き、自らの足で歩いて祠に来ている。

「不起病は解けた。皆は存分に語ってくれたぞ。お前と契約し、異能を使ってもらっていたと。その代償は大きく、逆らった者は余才人によって眠らされたとな」

「……っ、それは」

「余才人も、お前の異能の世話になっていたそうだな。その結果、お前に脅され、不起病をばらまく道具として使われていたと。ああ、そうだ。蒋淑妃の異能を隠し、季獣の力を奪うよう助言したのもお前だと聞いたが」

余才人の証言から調べたところ、妃嬪の多くは異能を持っていながらも、それを隠して入宮していた。

「芮貴妃。異能を使っていたのは、お前だな？」

射貫くように鋭い視線が芮貴妃を捉える。

しかし芮貴妃はまだ諦めていないようで、強く余才人を睨めつけた。

「余才人！　なぜこの者たちがここにいるの⁉」

「皆、不起病から目覚めたのです」

「眠りから目覚めぬ異能ではなかったの？」

余才人は俯いていた。芮貴妃の語る通り、余才人の異能は人を眠らせ、その眠りは簡単に解けないものである。余才人自身、この眠りを解くすべを知らなかった。

このやりとりを見ていた凰駕は笑っていた。凰駕にとっては、すべてが想定通りである。ここまでうまく運ぶとは思ってもいなかった。

「では、眠りを解くすべを明かそう――私の愛しい妃よ」

ようやく、凰駕は春龍の前にいる娘に声をかける。芮貴妃にかけるものとは違う、慈しみを持った声で告げた。

「春龍の眠りを解いてくれ」

娘は振り返らず、手を広げる。手のひらは不起病にて眠る春龍に向けていた。

そして強く願う。自らの手に集中し、眠の異能を上回るほどの力を送り込む。

娘の持つ異能の名は、糧。

薄桃色の眩《まばゆ》い光が祠に満ちていく。そして春の陽気を思わせる温かな風が吹き、甘い花の香りが祠いっぱいに広がった。

「あ……ああ……」

芮貴妃がへたりと座り込む。その瞳は祠の上部――眠りから目覚め、宙に浮いた春龍に向けられていた。

これが、不起病を払った力である。なによりも芮貴妃を絶望させたのは、初めて見る娘が『愛しい妃』と呼ばれていることだ。

「芮貴妃よ」

失意の中にある芮貴妃の前に立つのは凰駕だ。

「なにをしようとも私はお前を愛さない。私の寵愛の妃はとうに決まっている」

異能を隠す。逆らう者を眠らせる。他人を蹴落とす。そういった芮貴妃の行動は、すべて凰駕の寵愛を得るためであった。芮家の繁栄を目的に、他人を蹴落としてまでも皇帝の寵愛を得んとしていたのである。

しかし凰駕の言葉がすべてを打ち砕いた。目論みはすべて見抜かれ、凍龍国の色ともいえる水碧色の襦裙を纏う寵愛の妃がいる。

「……凍龍陛下は、愛しい妃を隠していたのですね」

諦念の呟きが、祠に響く。

「不起病を解き、妃嬪や春龍様を目覚めさせる力を持つ妃……凍龍国にふさわしい妃ですね」

芮貴妃は顔を上げ、もう一度娘を見つめた。

「わたくしでは敵いませんわ。でもどうか……最後に一度だけ、凍龍陛下の寵愛を受けた妃の顔を見とうございます」

凰駕はなにも発しなかった。しかし、皆の視線が娘に集う。

娘は少々悩んでいたようだったが、背を向けたまま「わかりました」と小さく答えた。

そして、水碧色の襦裙と長い髪を翻し、ゆっくりと娘が振り返る。

次の瞬間、強い風が吹いた。

その風は春龍から放たれたもの。龍身から舞い散る、きらきらとした薄桃色の粒は、まるで春の花びらだった。

花びらを伴う風は娘の襦裙や被帛を存分に揺らす。ふわりと舞い上がった被帛は娘の顔を覆い隠した。

この場にいる誰もが、娘の顔を見ることはできなかった。

「は、はは……凍龍陛下にも、季獣にも、愛されているのね……ああ、完敗だわ……あなたに敵わない」

力なくうなだれた芮貴妃が、肩を揺らして笑った。

こうして、芮貴妃は衛士に捕らえられた。

その後、後宮に携わるすべての者が異能検査を再度受け、人に害をなす異能を持つ者は後宮を追われることとなった。

若き凍龍陛下のためにと集められた娘の多くがいなくなり、後宮に残る者はわずか。

その中に、不起病から春龍と妃嬪を目覚めさせ、凍龍陛下と季獣に愛された妃がいたというが——誰もその顔を知らない。

終章　季獣省の男装宦官と一途なる男

冬凰駕が『独り寝の凍龍陛下』と呼ばれることはなくなった。彼が独り寝を続ける理由は、愛しいがために隠し続けてきた寵妃・荊妃のためと判明したからだ。

彼女の存在が明るみに出るなり、凰駕は足繁く彼女のもとに通っている。あまりにも荊妃に会おうとするため、側近らが頭を抱えているほど。

凍龍陛下と季獣に愛される荊妃だが、その姿を見られる者は限られている。凰駕の溺愛がゆえに荊妃は隠され、宦官や他の妃嬪でさえ荊妃に会えぬという。

さておき、これほどに愛されている妃がいるのだ。後宮の寵愛争いは当然のごとくなくなっていった。

春の風吹く凍龍国は、平和である。


「荊妃がいないだと？」

妃宮に響くは、凰駕の声だ。ここは荊妃が賜る宮だが、その荊妃は姿がない。宮女らが右往左往して荊妃を捜していた。

荊妃の妃宮には、選りすぐりの宮女を置いている。他に比べれば人数は少ないものの、凰駕が自ら選んだ者たちである。凰駕も荊妃も彼女らを信頼していた。

宮女長を任命された娘は顔を青くして、凰駕に頭を下げている。

「申し訳ございません。先ほどまでいらっしゃったはずですが……捜しておりますゆえ」
「いや、いい」
凰駕はため息をついた。荊妃がいないのはよくあることで、宮女らが捜し回ってい
る姿を見るのにも慣れている。
「荊妃がいないのならば季獣省に行ってくる」
「あ、あの」
踵《きびす》を返そうとした凰駕を呼び止めたのは宮女のひとりだった。
「どうして、わたしたちは季獣省に近づいてはいけないのでしょう?」
この宮女に限らず、荊妃の宮にいる宮女たちすべてが抱く疑問だろう。凰駕は笑み
を浮かべ、これに答えた。
「私は荊妃を愛しく思っている。なるべく荊妃を人目に触れさせたくはない。皆には
不便をかけるが、これも荊妃を守るためだ」
この返答を受け、宮女たちは色めき立った。「荊妃は愛されているのね」「凍龍陛下
は本当に荊妃を慕っている」と騒いでいる。
その喧騒から逃げるように、凰駕は妃宮を出た。
荊妃の素顔を知る者が季獣省に近づいてはいけない理由は別にある。しかしそれを
告げることはできなかった。

ため息をひとつつき、凰駕は季獣省に向かった。


同刻、季獣省。

宦官の袍を纏った瓔良は、ぱたぱたと回廊を駆け回っていた。

春龍が消え、凍龍国に春が来てから、随分と日が経つ。次の季に向け、そろそろ夏の季獣である夏雀の顕現する頃だ。

「あ、瓔良！」

回廊の向こうから、典符が手をあげる。

「仁耀殿が捜していたよ」

「ええっ……また雑用を押しつけられる」

げんなりとした顔で瓔良はぼやく。典符も、仁耀に雑用を押しつけられることには覚えがあるらしく、引きつった笑みを浮かべていた。

「まさか瓔良がこうなるなんて思わなかったからね。仁耀殿なんて『瓔良が来たら仕事を与えなければ』って息巻いてたよ」

「うわあ。嬉しくない」

「仁耀殿、お気に入りの部下に仕事をたくさん押しつけるのが好きだから。瓔良も苦労するね」

仁耀が典符を気に入っているのは知っていたが、瓔良も含まれているとは知らなかった。意外だ、と瓔良は目を丸くする。

「気に入られている自覚はなかったけど」

「あはは。からかっているんだよ」

典符はからからと笑っていた。

「瓔良が宦官になった時は、すぐに正体が知られて大騒ぎになると思ってたよ。それが今や、季獣省の伝説だもの」

季獣省の伝説。そう呼ばれるのも納得はしている。瓔良は未だにこの環境に慣れていないが。

「じゃあ、僕は届け物に行ってくるよ」

「うん。典符も頑張ってね」

典符が去るのを見送った後、瓔良は手にした書簡を抱え直す。捜していたと聞いたからには仁耀に会わなければならないだろう。

気乗りはしないが再び回廊を歩いていると、突然、瓔良が抱えていた書簡が消えた。大きな手がひょいと持ち上げていく。

「見つけたぞ」

振り返ると、そこにいたのは凰駕だった。どうやら典符と入れ違いにやってきたらしい。

「また抜け出してきていたのか」

「ええっと……じっとしているのは性に合わなくて」

「宮女たちが捜していたぞ」

「少し出かけると伝えたんですけどね……」

璎良が季獣省にいることは、季獣省宦官と凰駕のみが知る秘密となっている。それを知らぬ者たちは璎良がいなくなるたびに慌てているのだろう。

凰駕は呆れたように息を吐き、それから璎良の頭を撫でた。

「せめて私には行き先を教えてほしいものだな。私の荊妃よ」

荊妃——それが、現在の璎良を呼ぶもうひとつの名。

荊璎良は、凍龍陛下の妃として後宮にいる。女人を隠す必要はなくなっていた。

凰駕と荊妃については広く知れ渡っている。あまりにも荊妃を溺愛するものだから、凰駕を『一途なる凍龍陛下』と呼ぶ者もいるほどだ。

しかし、今日の璎良が纏うのは襦裙ではない。唐草色の袍に身を包んだ璎良はにこりと笑みを浮かべ、隣を歩く凰駕を見上げる。

「行き先は教えなくとも、凍龍陛下ならわかるのではないでしょうか」

「まあ、季獣省しかないな」

荊妃となった璎良だったが、妃宮に閉じこもってばかりは疲れる。季獣に会いたい。仕事をしたい。その結果、妃宮を抜け出しては季獣省に通っていた。もちろん宦官の姿である。

凰駕はもちろん仁燿も、璎良の季獣省通いを認めていた。誰にも知られず季獣省に通えるよう、荊妃の宮女らに季獣省接近禁止令も出している。

凰駕が出した特例はそれだけではない。後宮にいた多くの妃嬪には、自らが荊妃を愛すると伝え、このまま残るか後宮を去るかの選択を与えた。本人の意思と異なり家族のために後宮に送られていた娘たちは、後宮を出て自由を手に入れている。後宮に残った妃嬪はわずかだ。

「そういえば、余才人から文が届いたんです」

凰駕に会ったら話そうと思っていたことだ。文をもらった時の感動を思い出し、璎良の表情が緩む。

後宮の騒乱を招いた芮貴妃や芮大人には重い処罰を与えたが、余才人など芮貴妃によって操られていた妃嬪には情状酌量が認められた。彼女らは後宮を出たが、余才人の喜びようは璎良の頭に焼きついている。会えなくなった現在でも交流は続き、時折宦官の璎良に宛てた文が届く。

「実家に戻り、幸せに過ごしているようです。わたしも文を送らなければ」

しかし、余才人の話をしても凰駕は不機嫌そうな顔をしていた。それに気づき、瓔良は首を傾げる。

「凍龍陛下、拗ねてます?」

「もちろんだ。私の妃だというのに、会っても他の者の話ばかりする。こうなったらお前が私以外を見えなくなるよう、また策を練らなければならないな」

拗ねた口調だが、瓔良をからかっているのだろう。それに気づき、瓔良は微笑む。

「改めて思いますが、凍龍陛下って一途ですね」

「それは、お前のせいだな」

凰駕は歩を止めて瓔良の前に立ち、こちらに手を伸ばした。瓔良の顎を優しくつかみ、くいと持ち上げる。

交差する視線には熱がこもり、視界には凰駕しかいない。

「その一途な男が、一番欲しいものを手に入れたのだ。もう容赦はしない」

距離が、少しずつ詰まっていく。

「これからは堂々と、瓔良を愛する」

ふたりを隔てるものはなく、その唇は今にも重なろうとし――。

「凍龍陛下!」

唇が重なる寸前にふたりが聞いたのは、騒がしい声だった。

慌てて距離を取って声がした方を見やれば仁燿がいて、凰駕は眉間に皺を寄せて睨めつける。口づけをする直前に邪魔されたため苛立っているようだった。

「仁燿……この時を狙って声をかけたな？」

「まさかまさか。人手不足の季獣省にて大事な戦力だった璎良を妃として奪われたあげく、季獣省に来ている時も仲良くしてばかりで邪魔をされているからといって逆恨みをするなんてありませんよ。ええ」

薄っぺらな笑みを貼りつけて仁燿は否定する。しかし実際には、璎良という働き手を取られた恨みで凰駕を邪魔しようと狙って声をかけたのだろう。

「おふたりの仲がよいのは結構ですが、季獣省で見せつけられるのは勘弁していただきたいので、そういったことは夜になさってくださいね。どうせ今日も、荊妃の宮に向かうのでしょうけど」

これには凰駕も言い返せないようだった。おそらくは仁燿の言う通り、今宵も荊妃の宮に渡るつもりだったらしい。昼も夜も、時間があれば常に璎良に会いに行くような男だ。

仁燿は凰駕と璎良を見回し、咳払いをひとつした後、告げた。

「冗談はさておき……夏雀様が顕現されました」

夏雀。夏の季獣がついにやってきたのだ。

その言葉に璎良の表情がぱっと明るくなる。

「夏雀様に会えるんですね！　やった！」

「ですので、凍龍陛下も璎良も祠までお越しください。私は先に向かいますので」

言い終えるなり、仁耀は足早に去っていく。

璎良もすぐに祠に向かいたい気持ちであった。春龍や秋虎は会っているが、夏雀の姿はまだ見ていないため、いつ顕現するのかと待ち望んでいたほどだ。

「凍龍陛下、わたしたちも早く行きましょう！」

「……季獣省が忙しくなるのも困りものだな」

先ほどの甘い空気を壊されただけでなく、これからも多忙の日々が続くようだ。それを察して凰駕はぼやいている。

しかし、璎良は笑みを浮かべて凰駕に告げた。

「忙しくてもかまいません。わたしは、季獣省の宦官ですから」

わたしは宦官。あの頃によく唱えた呪文を久しぶりに口にすると、凰駕が笑った。

「では、夜には独り占めをさせてもらうとしよう」

「よ、夜!?　そ、それは、その……」

「仁耀が言っていただろう？　そういうことは夜にしろと」

短く笑った後、璎良を抱き寄せ、その頬に口づけを落とす。

瓔良の顔が赤くなった。口づけは未だに慣れない。こうした不意打ちは余計に、瓔良を面映ゆい心地にさせる。

「宦官の瓔良も、妃の瓔良も、すべて私のものだ」

凰駕は柔らかく微笑み、そして手を差し出した。

「では、夏雀に会いに行くとしようか」

「……はい！」

彼の手を取り、瓔良は夏雀のもとに向かう。

まもなく訪れるであろう、凍龍国の暑い季節を思いながら。

季獣省の男装宦官——後に荊皇后として名を残す彼女だが、宦官として偽っていた時期を知る者はわずか。

偽りは愛に変わり、歴史に刻まれている——。

完

あとがき

多くの書籍の中から本作をお手にとっていただき、ありがとうございます。

読み終えてこちらに辿りついた方、読了ありがとうございます。あとがきから読む派の方は、ぜひこれから瓔良のドタバタ成長ストーリーをお楽しみください！

本作は小説投稿サイトスターツ出版文庫byノベマ！にて開催された『第三十五回キャラクター短編小説コンテスト』にて、最優秀賞をいただいた作品が元になっています。

不器用ながらも清々しくひたむきに頑張る瓔良と、こちらも不器用で焦れったい凰駕。短編ではふたりのやりとりを書ききれずもどかしかったので、長編化のお話はとっても嬉しかったです。

季獣は四神をベースに考えました。鋭い方はお気づきかもしれませんが、本作には玄武らしき季獣が登場しません。当初はその理由をお話の主軸として考えていたのですが見送りました。その分、瓔良の成長や二人の心が繋がるまでを細かく書けたため、この判断で正解でした。表紙のように、瓔良が美しい妃になる願いを込めて、物語を綴りました。凰駕の一途さもパワーアップして増量しています！

本作を刊行するにあたり、多くの方にお力添えを頂きました。この場をお借りして御礼申し上げます。

まず、長編化のお声がけをくださった編集部の皆様。中でも担当編集者様にはさまざまなご提案や励ましをいただき、感謝の念に堪えません。ありがとうございます。

装画を手がけていただいたボダックス様。璦良と凰駕を美しく描いていただきました。ハッピーエンドの向こうにいるふたりのやりとりを想像してはニヤニヤしています。最高の装画をありがとうございました。

そして、こんな私を支えてくれる家族と友人たち。皆の存在に励まされて頑張れています。またお酒でも飲みながら話しましょう。私はビールで。

最後に、この本を通じて出会えた皆様に心からの感謝を。貴重なお時間をいただき、誠にありがとうございました。

璦良が持つ『糧』の異能のように、この物語が皆様に元気を分け与えていることを願っています。少しでもお楽しみいただければ、これ以上の喜びはありません。

また、皆様にお会いできますように。

松藤かるり

この物語はフィクションです。実在の人物、団体等とは一切関係がありません。

松藤かるり先生へのファンレターのあて先
〒104-0031　東京都中央区京橋1-3-1　八重洲口大栄ビル7F
スターツ出版（株）書籍編集部 気付
松藤かるり先生

偽りの男装少女は後宮の寵妃となる

2024年1月28日　初版第１刷発行

著　者　松藤かるり　©Karuri Matsufuji 2024

発 行 人　菊地修一
デザイン　フォーマット　西村弘美
　　　　　カバー　北國ヤヨイ（ucai）
発 行 所　スターツ出版株式会社
〒104-0031
東京都中央区京橋1-3-1　八重洲口大栄ビル7F
出版マーケティンググループ　TEL 03-6202-0386
（ご注文等に関するお問い合わせ）
URL　https://starts-pub.jp/
印 刷 所　大日本印刷株式会社

Printed in Japan

乱丁・落丁などの不良品はお取り替えいたします。上記出版マーケティンググループまでお問い合わせください。

本書を無断で複写することは、著作権法により禁じられています。

定価はカバーに記載されています。

ISBN　978-4-8137-1537-5　C0193

スターツ出版文庫　好評発売中!!

『はじめまして、僕のずっと好きな人。』　春田《はるた》モカ・著

過去の出来事から人間関係に臆病になってしまった琴音は、人との関わりを避けながら高校生活を過ごしていた。そんな時、人気者で成績も抜群だけど、いつもどこか気だるげな瀬名先輩に目をつけられてしまう。「覚えておきたいって思う記憶、つくってよ」―そう言われ、強引に“記憶のリハビリ”とやらに付き合わされることになった琴音。瀬名先輩は、大切に思うほど記憶を失くしてしまうという、特殊な記憶障害を背負っていたのだった…。傷ついた過去を持つすべての人に贈る、切なくも幸せなラブストーリー。

ISBN978-4-8137-1519-1／定価715円（本体650円+税10%）

『僕の声が永遠に君へ届かなくても』　六畳《ろくじょう》のえる・著

事故で夢を失い、最低限の交流のみで高校生活を送っていた優成。唯一の楽しみはラジオ番組。顔の見えない交流は心の拠り所だった。ある日クラスの人気者、蓮杖紫帆も同じ番組を聴いていることを知る。深夜に同じ音を共有しているという関係は、ふたりの距離を急速に近づけていくが…。「私、もうすぐ耳が聴こえなくなるんだ。」紫帆の世界から音が失くなる前にふたりはライブや海、花火など様々な音を吸収していく。しかし、さらなる悲劇が彼女を襲い――。残された時間を全力で生きるふたりに涙する青春恋愛物語。

ISBN978-4-8137-1518-4／定価682円（本体620円+税10%）

『鬼の生贄花嫁と甘い契りを五～最強のあやかしと花嫁の決意～』　湊祥《みなとしょう》・著

生贄として嫁いでから変わらず、鬼の若殿・伊吹から最愛を受ける凛。幸せな日々を送る彼らに、現あやかしの頭領・大蛇から次期あやかし頭領選挙を行うと告げられる。対立候補は大蛇の息子・夜刀。花嫁の強さも比べられるこの選挙。人間の凛には妖力がなく負い目を感じるが「俺は凛がそばにいてくれているだけでいい。妖力なんかなくたって、そのままの凛でいいんだよ」優しい言葉をかけられた凛は伊吹のため、たとえ自分を犠牲にしてでも役に立ちたいと決意する。超人気和風あやかしシンデレラストーリー第五弾！

ISBN978-4-8137-1520-7／定価693円（本体630円+税10%）

『鬼の軍人と稀血の花嫁』　夏《なつ》みのる・著

人間とあやかしの混血である“稀血”という特別な血を持つ深月は、虐げられる日々を送っていた。奉公先の令嬢の身代わりに縁談を受けることになるが、祝言の夜、あやかしに襲われてしまう。深月を守ってくれたのは、冷たい目をした美しい青年――最強の鬼使いと名高い軍人・暁だった。「ずっと待っていた。君と出会う日を――」ある理由から“稀血”を求めていた暁は、居場所の無い深月を偽りの花嫁として屋敷に連れ帰る。最初はただの偽りの関係だったはずが…傷を秘めたふたりは徐々に惹かれ合い――。

ISBN978-4-8137-1521-4／定価660円（本体600円+税10%）

スターツ出版文庫　好評発売中!!

『君がいなくなるその日まで』　永《なが》良《ら》サチ・著

心臓に病を抱え生きることを諦めていた高校２年生の舞は、入院が長引き暗い毎日を送っていた。そんな時、病院で同じ病気を持つ同い年の男子、慎に出会う。辛い時には必ず、真っ直ぐで優しい言葉で励ましてくれる慎に惹かれ、同時に明るさを取り戻していく舞。しかし、慎の病状が悪化し命の期限がすぐそこまで迫っていることを知る。「舞に出会えて幸せだった――」慎の本当の気持ちを知り、舞は命がけのある行動に出る。未来を信じるふたりに、感動の涙が止まらない。

ISBN978-4-8137-1505-4／定価660円（本体600円+税10%）

『夜を裂いて、ひとりぼっちの君を見つける。』　ユニモン・著

午後９時すぎ、塾からの帰り道。優等生を演じている高１の雨月は、橋の上で夜空を見上げ、「死にたい」と呟いていた。不注意で落ちそうになったところを助けてくれたのは、毎朝電車で見かける他校の男子・冬夜。「自分をかわいそうにしているのは、自分自身だ」厳しくも優しい彼の言葉は、雨月の心を強烈に揺さぶった。ふたりは夜にだけ会う約束を交わし、惹かれあっていくが、ある日突然冬夜が目の前から消えてしまう。そこには、壮絶な理由が隠されていて――。すべてが覆るラストに、心震える純愛物語。

ISBN978-4-8137-1507-8／定価660円（本体600円+税10%）

『龍神の100番目の後宮妃～宿命の契り～』　皐《さ》月《つき》なおみ・著

天涯孤独の村娘・翠鈴は、国を治める100ある部族の中で忌み嫌われる「緑族」の末裔であることを理由に突然後宮入りを命じられる。100番目の最下級妃となった翠鈴は99人の妃から虐げられて…。粗末な衣装しか与えられず迎えた初めての御渡り。美麗な龍神皇帝・劉弦は人嫌いの堅物で、どの妃も門前払いと聞いていたのに「君が宿命の妃だ」となぜか見初められて――。さらに、その契りで劉弦の子を身籠った翠鈴は、一夜で最下級妃から唯一の寵姫に⁉　ご懐妊から始まるシンデレラ後宮譚。

ISBN978-4-8137-1508-5／定価693円（本体630円+税10%）

『さよなら、２％の私たち』　丸《まる》井《い》とまと・著

周りに合わせ、作り笑いばかり浮かべてしまう八枝は自分の笑顔が嫌いだった。そんな中、高校に入り始まった“ペアリング制度”。相性が良いと科学的に判定された生徒同士がペアとなり、一年間課題に取り組んでいく。しかし、選ばれた八枝の相手は、周りを気にせずはっきり意見を言う男子、沖浦だった。相性は98%、自分と真逆で自由奔放な彼がペアであることに驚き、身構える八枝。しかし、沖浦は「他人じゃなく、自分のために笑ったら」と優しい言葉をくれて…。彼と過ごす中、八枝は前に進み、“自分の笑顔”を取り戻していく――。

ISBN978-4-8137-1517-7／定価682円（本体620円+税10%）

スターツ出版文庫　好評発売中!!

『君の世界からわたしが消えても。』　羽衣音《はいね》ミカ・著

双子の姉である美月の恋人・奏汰に片想いする高２の葉月は、自分の気持ちを押し殺し、ふたりを応援している。しかし、美月と奏汰は事故に遭い、美月は亡くなり、奏汰は昏睡状態に陥った──。その後、奏汰は目覚めるが、美月以外の記憶を失っていて、葉月を“美月”と呼んだ。酷な現実に心を痛めながらも、美月のフリをして懸命に奏汰を支えようとする葉月だけれど…？　葉月の切ない気持ちに共感！

ISBN978-4-8137-1496-5／定価682円（本体620円+税10%）

『龍神と許嫁の赤い花印三～追放された一族～』　クレハ・著

龍神・波琉からミトへの愛は増すばかり。そんな中、天界から別の龍神・煌理が二人に会いに来る。煌理から明かされた、百年前にミトの一族が起こした事件の真相。そしてその事件の因縁から、天界を追放された元龍神・堕ち神がミトに襲い迫る。危険の最中、ミトは死後も波琉と天界に行ける“花の契り”の存在を知る。しかし、それは同時に輪廻の輪から外れ、家族との縁が完全に切れる契りだという…。最初は驚き、躊躇うミトだったが、波琉の優しく真っすぐな愛に心を決め──。「ミト、永遠を一緒に生きよう」

ISBN978-4-8137-1497-2／定価671円（本体610円+税10%）

『薄幸花嫁と鬼の幸せな契約結婚～揺らがぬ永久の愛～』　朝比奈希夜《あさひなきよ》・著

その身に蛇神を宿し、不幸を招くと虐げられて育った瑠璃子。ある日、川に身を投げようとしたところを美しい鬼のあやかしである紫明に救われ、二人は契約結婚を結ぶことになる。愛なき結婚のはずが、紫明に愛を注がれ、あやかし頭の妻となった瑠璃子は幸福な生活を送っていた。しかし、蛇神を狙う勢力が瑠璃子の周囲に手をだし始め──。「俺が必ずお前を救ってみせる。だから俺とともに生きてくれ」辛い運命を背負った少女が永久の愛を得る、和風あやかしシンデレラストーリー。

ISBN978-4-8137-1498-9／定価671円（本体610円+税10%）

『青に沈む君にこの光を』

退屈な毎日に息苦しさを抱える高一の凛月。ある夜の帰り道、血を流しながら倒れている男子に遭遇する。それは不良と恐れられている同級生・冴木だった。急いで救急車を呼んだ凛月は、冴木の親友や家族と関わるようになり、彼のある秘密を知る…。彼には怖いイメージと正反対の本当の姿があって──。（「彼の秘密とわたしの秘密」汐見夏衛）他、10代限定で実施された「第２回 きみの物語が、誰かを変える。小説大賞」受賞３作品を収録。10代より圧倒的支持を得る汐見夏衛、現役10代作家３名による青春アンソロジー。

ISBN978-4-8137-1506-1／定価660円（本体600円+税10%）

スターツ出版文庫　好評発売中!!

『冷酷な鬼は身籠り花嫁を溺愛する』　真崎奈南《まさきなな》・著

両親を失い、伯父の家で従姉妹・瑠花に虐げられる美織。ある日、一族に伝わる“鬼灯の簪”の封印を瑠花が解いてしまい、極上の美貌をもつ鬼の当主・魁が姿を現す。美織は、封印を解いた瑠花の身代わりとして鬼の生贄となるが――。冷酷で恐ろしいはずの魁は「この日が来るのを待ち焦がれていた」と美織をまるで宝物のように愛し、幸せを与えてくれる。しかし、人間があやかしの住む常世で生き続けるには、あやかしである魁の子を身籠る必要があると知り…。鬼の子を宿し運命が変わる、和風あやかしシンデレラ物語。

ISBN978-4-8137-1484-2／定価660円（本体600円+税10%）

『水龍の軍神は政略結婚で愛を誓う』　琴織《ことおり》ゆき・著

あやかしの能力を引き継ぐ“継叉”の一族にもかかわらず、それを持たずに生まれた絃はある事件をきっかけに強力な結界へ引き籠っていた。十八歳になったある日、絃の元へ突如縁談が舞い込んでくる。相手はなんと水龍の力をもつ最強の軍神、冷泉士琉だった。「愛している。どれだけ言葉を尽くそうと、足りないくらいに」愛などない政略結婚だったはずが、士琉は思いがけず、絃にあふれんばかりの愛を伝えてくれて――。一族から見放され、虐げられていた絃は、士琉からの愛に再び生きる希望を見出していく。

ISBN978-4-8137-1485-9／定価726円（本体660円+税10%）

『わたしを変えたありえない出会い』

この世界に運命の出会いなんて存在しないと思っている麻衣子（『そこにいただけの私たち』櫻いいよ）ひとり過ごす夜に孤独を感じる雫（『孤独泥棒』加賀美真也）ひとの心の声が聞こえてしまう成道（『残酷な世界に生きる僕たちは』紀本明）部活の先輩にひそかに憧れる結衣（『君声ノート』南雲一乃）姉の死をきっかけに自分に傷を付けてしまう寿璃（『君と痛みを分かち合いたい』響ぴあの）。そんな彼女らと、電車で出会った元同級生、家に入ってきた泥棒、部活の先輩が…。灰色な日常が、ちょっと不思議な出会いで色づく短編集。

ISBN978-4-8137-1495-8／定価715円（本体650円+税10%）

『きみは僕の夜に閃く花火だった』　此見《このみ》えこ・著

高二の夏休み、優秀な兄の受験勉強の邪魔になるからと田舎の叔母の家に行くことになった陽。家に居場所もなく叔母にも追い返され途方に暮れる陽の前に現れたのは、人懐っこく天真爛漫な女子高生・まつりだった。「じゃあ、うちに来ますか？その代わり――」彼女の“復讐計画”に協力することを条件に、不思議な同居生活が始まる。彼女が提示した同居のルールは――【1.同居を秘密にすること　2.わたしより先に寝ないこと　3.好きにならないこと】強引な彼女に振り回されるうち、いつしか陽は惹かれていくが、彼女のある秘密を知ってしまい…。

ISBN978-4-8137-1494-1／定価649円（本体590円+税10%）

書店店頭にご希望の本がない場合は、書店にてご注文いただけます。

スターツ出版文庫

by ノベマ!

作家大募集

小説コンテストを毎月開催！
新人作家も続々デビュー。

作品は、累計765万部突破の
「スターツ出版文庫」から
書籍化。

https://novema.jp/starts